诺贝尔文学奖得主
莫言剧作

我们的荆轲

Jing Ke of Our Age

Mo Yan

莫言

图书在版编目(CIP)数据

我们的荆轲/莫言著.—杭州：浙江文艺出版社，2023.9
(2024.1重印)
ISBN 978-7-5339-7362-9

Ⅰ.①我… Ⅱ.①莫… Ⅲ.①话剧剧本-作品集-中国-当代 Ⅳ.①I234

中国国家版本馆CIP数据核字(2023)第175203号

策划统筹	曹元勇
责任编辑	胡远行
营销编辑	耿德加　胡凤凡
责任印制	吴春娟　睢静静
封面设计	人马艺术设计·储平
插页设计	吴　瑕

我们的荆轲
莫　言　著

出版发行	浙江文艺出版社
地　址	杭州市体育场路347号
邮　编	310006
电　话	0571-85176953(总编办)
	0571-85152727(市场部)
印　刷	上海盛通时代印刷有限公司
开　本	850毫米×1120毫米　1/32
字　数	72千字
印　张	5.125
插　页	8
版　次	2023年9月第1版
印　次	2024年1月第3次印刷
书　号	ISBN 978-7-5339-7362-9
定　价	52.00元(精装)

版权所有　侵权必究

我们的荆轲

辛丑秋
莫言

萧萧易水寒，世事真迢递。别罢院票高谭，泪光闪闪。古来刺客几人还，大侠何曾逢。连战鼓频催马不前。散踐之人十年羽弹，广陵散后断琴弦。仿南乡子词牌墨迹话剧《我们的荆轲》

丁酉秋 莫言

题《我们的荆轲》

萧萧易水寒,世事莫过送别难。

纵酒高歌泪光闪,看看,古来刺客几人还。

大侠何留连,战鼓频催马不前。

欲践高人十年约,弹弹,广陵散后断琴弦。

仿南乡子词牌略述话剧《我们的荆轲》意旨

丁酉秋 莫言

目 录

我们的荆轲

剧中人物 / 003

第一节　成义 / 005

第二节　受命 / 023

第三节　赠姬 / 035

第四节　决计 / 047

第五节　死樊 / 057

第六节　断袖 / 065

第七节　副使 / 083

第八节　杀姬 / 093

第九节　壮别 / 097

第十节　刺秦 / 109

附　录

在话剧《我们的荆轲》剧组成立新闻发布会上的发言 / 115

"我就是荆轲！" / 119

文学没有"真理"，没有过时之说 / 129

我们的荆轲，以何种面容出现 / 139

我们的荆轲

(十节话剧)

剧 中 人 物

荆　轲——侠士，三十余岁。

高渐离——侠士，善击筑，四十余岁。

秦舞阳——侠士，二十余岁。

狗　屠——四十余岁。

田　光——侠士，七十余岁。

太　子——燕国太子丹。

燕　姬——太子宠姬，二十余岁。

樊於期——秦国叛将，四十余岁。

秦　王——三十余岁。

秦宫侍卫数人。

太子丹随从数人。

第一节　成义

[屠狗坊中。

[墙上悬挂着几张狗皮,地上铺着一片草席,席中有一矮几。高渐离和秦舞阳席地而坐(其姿势是双膝着地,臀部压在小腿上)。高渐离击筑(似琴有弦,以竹击之),曲声激越。

[舞台一侧摆着一张粗陋的条案,狗屠立在案后,手持大刀,剁着狗肉。

秦舞阳　(用现代时髦青年腔调)这里是什么地方?首都剧场?否!两千三百多年前,这里是燕国的都城。

狗　屠　(停止剁肉,用现代人腔调)你应该说,两千三百多年前，这里是燕国都城里最有名的一家屠狗坊。

高渐离 （边击筑边用现代腔调唱着）没有亲戚当大官~~没有兄弟做大款~~没有哥们是大腕~~要想出名难上难~~咱只好醉生梦死度华年~~

秦舞阳 我说老高，您就甭"醉生梦死度华年"了。打起精神来，好好演戏，这场戏演好了，没准您就出大名了。

高渐离 怎么，这就入戏了吗？

狗　屠 入戏了！

　　［台上人精神一振，进入了戏剧状态。

高渐离 荆轲呢？今天说好了要演练剑术的，他怎么还不来？

秦舞阳 没准是失眠症又犯了。

高渐离 可怜的荆兄，年纪轻轻的，竟然得了这病。

秦舞阳 我就弄不明白，人，怎么可能睡不着觉呢？

高渐离 谁像你那样有福啊，脑袋一挨枕头，随即鼾声如雷。

狗　屠 他刚才托田光老爷子家那个小厮送信来，说要去拜访一个从齐国来的著名侠士孟孙,不能来了。

秦舞阳　他总是这样,每到一地,就提着小磨香油和绿豆粉丝去拜访名人。哪里有名人,哪里就有他的身影。我看他这失眠症啊,多半是想出名想出来的……

高渐离　兄弟,这样说话不厚道!出名之心,人皆有之嘛。(以左手之竹指着秦舞阳)你不想出名吗?(右手之竹指着狗屠)你不想出名吗?

秦舞阳　君子爱财,取之有道;侠士好名,也该成名有道吧?(装模作样地)人,总归还是要有点尊严的!

高渐离　你说的都对,但是,贤弟,侠士是人,荆轲兄也是人,是人就有弱点,不能求全而毁。你知道我最烦的是什么人吗?就是那种抢占了道德高地骂人的人。自己刚偷了一头牛,转回头来就骂偷鸡贼。

秦舞阳　(尴尬地)就是就是,你偷了一只鸡去骂偷牛贼还情有可原……

高渐离 偷鸡的就有资格骂偷牛的吗?偷鸡和偷牛有本质的区别吗?如果你偷鸡的时候,牛就在旁边拴着,你能保证不顺手牵牛吗?

秦舞阳 高先生,我是个粗人,经不住您绕圈儿。

高渐离 我是说,你可以批评一个侠客的剑术,而不应该去议论他的道德。

秦舞阳 那侠客的道德该由谁管?提着小磨香油和绿豆粉丝去巴结名人总是一件可笑的事吧?总是一件可憎的事吧?总是一件可耻的事吧?

高渐离 其实更是一件可怜的事。

狗　屠 最近绿豆价格大涨,绿豆粉丝的价格也跟着暴涨。

秦舞阳 没你的事,别瞎掺和!

高渐离 侠客的道德问题,自然会有人管,即便是没人管,也自有神来管。至于我们,最好还是切磋武功,讨论剑术。

秦舞阳 他老兄的剑术还差那么一点火候。他去拜访赵国的盖大侠,谈书论剑,漏洞百出,盖大侠懒得开口,怒目视之,咱们的荆兄就灰溜溜地逃跑了。

高渐离 荆兄还是有过人之处的,要不田老爷子也不会赏识他。

秦舞阳 田老爷子,一个老糊涂嘛!他这一辈子,既没有为民除过暴,又没有替君锄过奸,更没为朋友插过刀,怎么就嗡隆出这般大的名声,俨然是一个侠士领袖?凡是想在燕京侠坛立腕扬名的,必须去拜他的码头。(按剑而跽——直腰,臀部离开小腿)被这样的老昏蛋赏识,还不如与他血战而死!

狗　屠 看人家得宠眼热了吧?嫉妒了吧?荆轲是我们的朋友,他待你不薄,小秦。

秦舞阳 我不是眼热,更不是嫉妒,我是不服,我是愤世嫉俗!荆轲是我们的朋友,他被老爷子赏识,我们替他高兴,也为他可惜。没听人家说吗?"田氏门下,尽是鼠窃狗偷之徒。"即便他田光赏识我,我还不赏识他呢!我可不愿意与那些拍马溜须、沽名钓誉的家伙同流合污,我说的对不对,渐离兄?

高渐离　舞阳兄少年气盛,勇气逼人,即便不被老爷子赏识,出名也是早晚的事。

秦舞阳　这个浮肿虚胖、百病缠身的燕京,就是欺负外地人。你到俺们那地场去打听打听,提起"秦舞阳"这三个字,上到白发老翁,下到黄口小儿,哪个不知?谁人不晓?俺十三岁那年,为了解救一个被恶霸强占的少女,就手持宝剑,刺死狂徒,解救了少女,还给她的父母,成就了少年侠士之名……

狗　屠　(以屠刀剁响案板)哎哎哎,秦舞阳,前天你说是十六岁时手刃狂徒,解救少女,怎么刚过去两天,就成了十三岁了?

秦舞阳　(语塞片刻)前天我说的是虚岁!

狗　屠　你虚得多了一点吧?

秦舞阳　我们那地方就是这么个算法。

狗　屠　你前天还说那少女的父母要把她许配给你做妻室——

秦舞阳　俺秦舞阳当时虽然年少无知,但也还算是知书达理,怎么能乘人之危——

狗　　屠　这也算不上是乘人之危,这叫搂草打兔子——一举两得。

秦舞阳　你把俺看成了什么东西？施恩不图报,这是侠义之士的基本准则。俺秦舞阳要是娶那少女为妻,岂不成了一个放债渔利的小人？

狗　　屠　可我听人说你还是到那少女家去睡了三夜,然后不辞而别。

秦舞阳　(恼羞成怒,从席上跃起,拔剑)你这个污人清白的狗屠！我要和你决斗！

　　[秦舞阳一剑劈去,狗屠用屠刀格住剑锋。

狗　　屠　就让俺用这剁肉的屠刀,试试你这侠士的剑锋。

高渐离　(跳起来,拔出宝剑,挑开二人的刀剑)君子动口不动手嘛,自家兄弟,何必刀剑相向？

　　[秦舞阳悻悻地插剑入鞘,余怒未消地回到席上坐下。

高渐离　(对狗屠)您老兄的嘴巴也尖刻了些,说话要有分寸,批评要讲究技巧,舞阳兄弟少说了几岁,又有何妨？眼下这个社会,又有几个人的岁数是真的？

秦舞阳 秦舞阳十三岁仗剑杀人，在俺那地方是家喻户晓，人人皆知，不信你去调查！

狗　屠 我吃饱了撑的？你即便说三岁就杀人，干我屁事？我只是听不惯这些虚谎之言。侠士路见不平，拔刀相助；君子耳闻谎言，当面揭穿。我当不了侠士，但要当个君子。

高渐离 屠兄，冲着您这番豪言壮语，您已经是个侠士。

狗　屠 嗨，怎么一转眼之间，出来了这么多的义人、侠士？连我这个杀狗卖肉的，竟然也成了侠士？

高渐离 芝兰开放在深谷，大侠隐身于屠坊。此即所谓"英雄不问出身"也。

狗　屠 我还是安心杀我的狗吧，要是我也成了侠士，背上一把破剑，满大街溜达，那你们连个吹牛喝酒的地方都没有了。

高渐离 屠兄，真正的大侠，是不必佩剑的；就像真正的大乐师，不必动手去击筑。剑在意中，曲在心里。

狗　屠 您既佩剑又击筑，这说明您既不是真正的大侠,也不是真正的大乐师?

高渐离 剑术与音乐,至大精深,若非天才,虽穷毕生精力,也难登堂奥。渐离粗陋不才,于这两项,略通皮毛而已。所以这剑还是要佩的,这筑,也还是要击的。

狗　屠 那您就心平气和吧,喝几杯老酒,吃几块狗肉,击击筑,唱唱曲,发发牢骚,挺好嘛!

高渐离 屠兄所言极是。

　　　　［荆轲摇摇晃晃地上。

秦舞阳 (讥讽地)大侠来了。

荆　轲 (哼唱)世人皆浊兮我独清~~世人皆醉兮我独醒~~

秦舞阳 (旁白)失眠症患者,想不独醒行吗?

狗　屠 荆兄,见到那位齐国大侠了吗?

荆　轲 一个行将入木的老朽……不值得为他浪费唾沫……

秦舞阳 多半是碰钉子了吧?想那齐国大侠孟孙,名播四海,连太子殿下都视为上宾,在国宾馆盛宴招待。我猜想荆兄连大门都没进就被侍卫给轰出来了！

荆　轲　燕雀安知鸿鹄之志也！

狗　屠　荆轲先生，您就别转了，跟我们说说那齐国大侠的风采，让我们也长长见识。

高渐离　是啊，荆兄，说说晋见情况。那孟孙，早年曾在孟尝君门下为客，拜大名鼎鼎、无车弹铗的冯骥为师，虽无大功垂诸青史，但也是我们侠士一道里硕果仅存的老前辈了。

荆　轲　徒有虚名耳！

秦舞阳　太子殿下敬重的人，不会如此不堪吧？

荆　轲　太子是看在他风烛残年、远道而来的分上，给他个面子而已。（醉意全消）渐离兄，依我看，这侠士一道，也用不着真才实学，只要是出自名门，再加上老不死，到时候就成了大侠了。

狗　屠　"老而不死是为贼。"都这把年纪了，不在家里呆着，还出来晃悠什么？不要说你们气不忿儿，就连我一个杀狗的，也看不下去！

秦舞阳　（怒斥狗屠）你不要插嘴！（转向荆轲，讥讽地）荆兄正在走着的，不也是这样一条道路吗？

［荆轲按剑怒视秦舞阳。

高渐离 （和解地）二位二位,都是自家兄弟,嘴下留德,免伤和气。（转向荆轲）荆兄,我等兄弟,虽然比不上古之大侠,但肚子里还是有些货色。方今乱世,只要是真英雄,总会有用武之地。"习得屠龙艺,货与帝王家。"让我们耐心等待时机来临吧。屠兄,给我们煮上两条狗腿,温上三卮老酒,让我们畅饮畅谈,大快朵颐!

秦舞阳 这才是正经事儿。

　　［场后高喊:"田大侠到——"
　　［众人慌忙离席站起,貌极恭顺。

田　光 荆卿,荆卿在吗?

荆　轲 田先生,荆轲在此。

田　光 好啊,你在这里。（目光掠过高渐离）高渐离,高先生,您也在。

高渐离 晚生不敢承当如此尊称。

田　光 （目光盯住秦舞阳）秦舞阳,秦先生。

秦舞阳 （弯腰鞠躬）田先生……老前辈……您折煞俺也。

田　光　（注目狗屠）还有您，狗屠兄，近日生意可好？

狗　屠　（受宠若惊地）托您老人家的福，还好。他们三位知道，小子也是个性情中人，做这个小生意，不为赚钱，为的是朋友们聚谈方便……

田　光　好，好，都是侠义之士嘛！站着干什么？坐，都坐。

　　　　［众人坐下。

　　　　［狗屠端上酒肉。

高渐离　久不见先生之面，犹禾苗盼望甘霖。今日先生屈尊下降屠狗之坊，定有高见教谕我等，愿洗耳听先生金玉之言。

田　光　（喝酒，长叹一声）虎老了，不食人也！

高渐离　先生老当益壮，我辈虽然年轻，也难当先生剑锋。

秦舞阳　先生剑术，已达炉火纯青境界，万马千军之中，取上将首级，犹如探囊取物耳。

田　光　（悲凉地大笑几声）什么老当益壮，什么炉火纯青，小高，小秦，你们是在拍我的马屁，心中还不定怎么想呢！

高渐离　我们心中也是这样想的。再说，尊重老人，是我们燕国的美好传统。

秦舞阳　老先生是国家的栋梁，我们再努力三十年，也难望先生项背。

田　光　荆卿，你是怎么想的？

荆　轲　荆轲客居燕国，承蒙先生错爱，赏我衣食，赐我居所。我不知燕国有国王和太子，只知燕国有先生。

田　光　（对高与秦）你们听到了吧？这才是一个侠士该说的话。夫侠者，容也；侠者，大也。所谓有容乃大也。高风亮节，不堕流俗。把酒凌虚，慷慨悲歌。上不谄权贵，下不欺妇婴。受人涓滴之恩，便当涌泉相报。施人再造之德，即刻彻底忘却。剑者，意也，气指颐使，杀人不动声色。袖中乾坤，夺国而不用干戈。侠义之士，急公好义，扶危济困，虽肝脑涂地而不足惜也。（越说越激动，从坐席上一跃而起）侠义之士，忍辱负重，卧薪尝胆，虽饥寒交迫而不堕青云之志，等待天降大任，犹如潜龙在深渊，只待霹雷一声，直上青云……

〔一阵剧烈的咳嗽打断了他的话。荆轲上

前,殷勤地为他捶背。

高渐离 先生的话,道出了侠与剑的精髓。

秦舞阳 小子回去就刻到墙上,时时诵读。

田　光 (喘息着)我田光胸怀吞吐云梦之志,身具屠龙搏虎之技,苦苦等待了四十年,等待着这发扬光大我侠道剑术的时机。今天,时机到了,但我已经是心有余而力不足了……

　　[田光沮丧地跪在席上。

　　[众人关切地上前问讯。

田　光 (环顾众人)你们,都是荆卿的朋友吗?

众　人 是的,我们是荆兄的亲密朋友。

田　光 你们知道我们侠士的朋友之道吗?

众　人 请先生赐教。

田　光 朋友者,可同生共死之人也。

众　人 谨遵先生教诲。

田　光 荆卿的朋友,也就是我的朋友。能对荆卿说的话,就可以对你们说。你们能够保守秘密吗?

众　人 我们都是守口如瓶之人。

田　光 荆卿啊,今日太子殿下派车把我接到宫中,屏退左右，对我说："先生啊，燕秦两国，誓不两立。秦王亡我之心不死，三五年内，必将对我燕国发起进攻。愿先生为我留意。"（观察众人的反应）我对太子殿下说："殿下啊，骐骥盛壮之时，一日可奔驰千里，至其衰老，劣马先之。臣就是这样一匹老了的骐骥啊。"太子问我："国内侠士之中，何人可用？"（打量众人，荆轲低眉垂首）我对太子说："荆轲可用！"

［众人用羡慕的眼光看着荆轲。

荆　轲　（直身深拜）承蒙先生错爱，只恐荆轲才疏学浅，剑术不精，难当大任。

田　光　俗言曰："一架篱笆三根桩，一个好汉三个帮。"（指点众人）他们三人，都是你的帮手啊！

众　人　愿辅佐荆卿，完成太子殿下重托。

田　光　临别时，太子殿下对我说："先生，适才所言，是国家大事，望先生不要泄漏。"太子这样说，说明他对我还是不够信任啊！

高渐离　如此大事，自当慎之又慎，先生多疑了。

田　光　太子所言，另有深意也。

[众人面面相觑。

田　光　荆卿,你知道太子的意思吗?

荆　轲　先生……

田　光　直说无妨。

荆　轲　太子给了先生一个成就一世英名的机会。

田　光　知我者,荆卿也。(仰天长叹)可惜我空怀绝技,不能亲赴秦宫取秦王首级以谢太子殿下知遇之恩,只能舍身成义,以求节侠之名。荆卿,我死之后,你速去宫中见太子,接受任务,并代我言明心志。荆卿啊,你要知道,古往今来,有多少身怀奇技、胸有大志的仁人侠士,在苦苦等待着大展宏图的良机,但最后却像碌碌无为的庸人一样,老死在荒村野店。而又有多少酒囊饭袋,龌龊小人,被推上了历史的舞台,头上戴着谄媚者献上的花冠,身上披着肤浅女人用虚荣心织成的锦缎,进行着丑恶的表演。既有英雄的素质,又得到了证明自己的机会,这可是命运的垂青啊,荆卿,你要仔细啊!你要慎思啊!你不要辜负了我这颗白发苍苍的头颅啊,荆卿!(伸出戴着铜指甲的右手,猛地抓住了荆轲的胳膊)你要像我抓住你的胳膊一样,抓住这个千载难逢的良机,抓而不紧,等于不抓,要抓到肉里,抓到骨里!我死之后,你把这副指甲取下来,还给燕姬。她是太子殿下的宠爱之人,出入相随,形影不离。这副指甲,是三年前她对我的赏赐。她让我用这副指甲吃鱼吃肉,将养身体,预备着为太子干一件大事。但没想到,仅仅三年,我就老得骨质疏松,行动不便,遗憾啊遗憾,可惜啊可惜。(剧烈咳嗽,高渐离、秦舞阳、狗屠上前为他揉胸捶背)还有你们,你们三位,都要审时度势,好自为之,搭一艘顺风船,借一次幸运光,成就你们的侠义之名,不要像我一样,借一个并不充分的理由,用自刎的方式,成就这配角的名声。"倚着槐树穿绿袄啊,秃头跟着月光走。"各位,拜托了!

[田光引剑自刎。

众　人　先生……

荆　轲　(从田光手上取下指甲,冷冷地)先生求仁得仁,圆满了!

第二节　受命

［太子宫中。

［舞台上摆设笨重朴拙,色彩以黑、红为主。

［舞台一侧置一秦王偶像,开场时以红布遮蔽。

［太子跪坐席上,一个侍女为其整理衣冠,燕姬托铜镜为其照容。

太　子　你一向料事如神,说说看,今天会发生什么事情?

燕　姬　世事变化莫测,贱妾愚笨,猜不出来。

太　子　你曾经说过,"太子一撅屁股,我就知道他要拉什么屎"?

燕　姬　贱妾虽然愚笨,但也说不出这样的蠢话!

太　子　这话蠢吗?我倒希望,有这样一个人,能够看透我的心。

燕　姬　贱妾目光短浅,只能看到殿下的头上又多了几根白发。

太　子　愁一愁,白了头啊!

　　　　[台后传呼:"荆轲先生到——"

太　子　有请!

　　　　[太子立起,迎到台口。退行引导荆轲至舞台中央坐席旁。

太　子　(跪下,用衣袖拂拭坐席)先生请。

荆　轲　(就座,长跪深拜)殿下如此多礼,荆轲诚惶诚恐。

太　子　久闻荆卿大名,今日得见,果然是气韵生动,头角峥嵘,名不虚传也!

荆　轲　(再拜)荆轲乃卫国一介寒士,乞食于贵国,殿下过誉之词,实不敢当。

太　子　荆卿过燕数年,没能登门拜望,有失东道之礼,还望先生宽恕。

荆　轲　鄙人多得田先生照应,衣食丰足,已经深领贵国礼贤下士之风。

太　子　田先生为燕国留住了人中之龙,昨日本宫已经深表谢意。田先生怎么没来?

荆　轲　先生已经舍身成义了。

太　子　(做惊愕状)为什么?

荆　轲　殿下,先生说:"侠士一举一动,俱要光明磊落,不使人心生疑窦。殿下临别之时,特别叮嘱,'方才所言,系国家大事,望先生幸勿泄漏',这是殿下疑我也。"先生因此自刎,向殿下表明心志。

太　子　(在坐席上膝行数圈,以手捶地,号啕大哭)先生啊先生,您误解了本宫的意思了啊……您是国之栋梁,丹之师长,本宫不信任您,还有谁值得信任啊……丹寡才少德,竟然得到先生这样的厚报,受之有愧啊受之有愧……先生啊,您撒手而去,国有疑难,让我去问谁啊?……先生啊,您死了,丹也活不长久了啊……

　　[在太子哭诉时,侍立一侧的燕姬面无表情。

荆　轲　殿下,先生已成大仁大义之名,这正是一个侠士求之不得的结局。望殿下制痛节哀,以国事为重。

太　子　（做拭泪状）荆卿,先生临终之前,还有什么话说?

荆　轲　他让我立即进宫拜见殿下。

太　子　（膝行趋前,执荆轲衣袖）荆卿……先生已死,您就是本宫唯一可以依靠之人了。

荆　轲　荆轲粗鄙村夫,蒙太子如此看重,自当不遗余力,愿效犬马之劳。

太　子　（目视左右）退下。

　　　　〔众侍从急退。

　　　　〔燕姬也欲退下,太子招手留之。

　　　　〔荆轲注目燕姬。

太　子　（指燕姬）这是我身边亲信之人,荆卿幸勿见疑。

荆　轲　（对燕姬施礼）得睹芳颜,三生有幸。

燕　姬　（对荆轲施礼）贱妾村妇之姿,蒲柳之质,有污先生尊目。

荆　轲　（从怀中取出铜指甲）田光先生临终之时,嘱我将此物还给燕姬夫人,还让我向太子和夫人表示歉意:他没能用这副铜甲擒狼捉虎,却用它剔骨挑刺。

太　子　(接过铜指甲,注视片刻,递给燕姬)先生啊先生,丹虽然愚昧,但也明白了您的心意!(对燕姬)进酒。

　　　　[燕姬为荆轲和太子进酒。

太　子　这酒的滋味怎样?

荆　轲　荆轲心在别处,无暇顾及酒味。

太　子　精彩!一心不能二用,识良马者不辨牝牡骊黄,非如此专注不能成大事也!

　　　　[荆轲注目燕姬。太子冷笑。

太　子　此女颜色如何?

荆　轲　滋味醇厚,必是陈年佳酿!

太　子　(大笑)荆卿指天说地,果然是高人!(示意燕姬揭开偶像遮布)荆卿识得此人否?

荆　轲　(注目秦王偶像,良久,低头曰)太子恕荆轲眼拙。

太　子　(匆匆膝行至偶像前,绕之两圈,恨恨地)就是为了他,本宫才招荆卿至此,(一跃而起,手批偶像之颊)就是因为你,才断送了田先生性命!荆卿啊,此人诞生在赵国,初名赵政。其时本宫在赵国为人质,与他是少年朋友,经常一起上树捉鸟,下河捞鱼,结下了深厚的友谊——荆卿知道他是谁了吧?

荆　轲　(低声地)秦王。

太　子　(再次以手批偶像颊)就是这个赵政,还秦之后,更名嬴政。十三岁继承王位,二十二岁冠冕亲政。以后数年,流放太后,逼死生父,凶狠残暴,滥杀无辜。其时本宫正在秦国为人质,他未亲政时,对我还算客气。见面时称兄道弟,送我名马,赠我美姬。没想到他亲政之后,全不念当年情谊,将我逐出华屋,弃置陋室,没收我财宝,断绝我饮食,居所周围,时时有暗探监视。丹之性命,危在旦夕。我上书请求归国,他托人传话给我:"乌头白,马生角,方可归!"乌鸦能白头吗?马头能生角吗?他是想把我困死在秦国啊!幸亏天不灭丹,让我巧计得逞,得还祖国。但我与这竖子的仇,是永世难以化解了!

荆　轲　殿下金蝉脱壳,假道归燕,已经成为传奇。

[太子跪地,膝行回到荆轲面前。

太　子　荆卿,嬴政野心勃勃,贪得无厌。不将天下土地纳入秦国版图,他的进攻就不会停止。不久前他俘虏了韩王,吞并了韩国。接着又分兵南下伐楚,北上攻赵。眼下,大将王翦率三十万大兵逼近漳水、邺城,上将李信已经攻占了太原、云中。赵国灭亡,只是个时间问题。而赵国一旦覆灭,秦国的下一个攻击目标,就是我燕国了。燕国弱小,虽全民皆兵,也难挡秦军锋芒。(捶地痛哭数声)燕国之祸,就在眼前了,荆卿可有救燕之计教我?

荆　轲　荆轲草莽之人,见识短浅,只有匹夫之勇,愿听殿下差遣。

太　子　此是天不灭我大燕也!(顿首)本宫代表燕国百姓感谢荆卿了。

荆　轲　(顿首)荆轲不敢承受殿下如此大礼,请殿下直言。

太　子　丹日前与田先生谋划，想请荆卿伪做我的使者，持厚礼晋见秦王。荆卿借此机会，劫持秦王，逼他签订合约，返还侵占诸侯的土地，就像当年鲁国的侠士曹沫挟持齐桓公那样。这是最好的结果，如果实现，荆卿不但有大功于燕国，而且有大功于天下。如果挟持不成，就在殿上将他刺死。秦国大将带兵在外，个个骄横专断，闻朝中有变，必拥兵自立。趁此机会，我与诸侯联合，破秦必矣！如此，则燕国百姓有福，天下百姓有福。望荆卿幸勿推辞！（以额触席，不起）

荆　轲　（跪在席上转了几个圈子，也以额触席）殿下，非是荆轲推辞，实在是荆轲胆气不足，剑术不精，难以担当如此大任。

太　子　田先生慧眼识英，言举国上下，胆气才识，无有出荆卿之右者，我不信田先生，还能信谁呢？望以燕国百姓为念，临危受命。

荆　轲　请殿下另寻高人。

太　子　荆卿难道惜死吗？

荆　轲　（慨然地）殿下，士为知己者死，女为悦己者容。(注目燕姬,太子看在眼里)荆轲受殿下如此礼遇,虽万死不敢辞。反复推辞,是怕耽误了殿下的大事。

太　子　荆卿,您答应了?

荆　轲　荆轲患有失眠之症,近日愈发严重。

太　子　大人物个个失眠!荆卿人中龙凤,如不失眠,才是咄咄怪事!

荆　轲　荆轲是小姐身躯丫鬟命,草民患上了贵族病。夜晚似睡非睡,白天似醒非醒,如此状态,只怕误了太子的大事。

太　子　荆卿不要推辞了。

荆　轲　太子盛情难却,鄙人只能勉充副使,协助正使,去完成这件惊天动地的壮举。

太　子　副使可由荆卿自选,但正使非君莫属。至于失眠嘛,(冷笑)我这里有专治失眠的良药。

荆　轲　殿下,檐下的麻雀,飞行不过几家瓦舍;田中的老鼠,活动不过几道垄沟。荆轲小国寡民,一向寄人篱下,眼界狭窄,没见过盛大场面。只怕我一进秦宫,就像出了地洞的鼹鼠,分不清南北西东。

太　子　（对燕姬）进酒，为荆卿把盏。

　　　［燕姬持酒器，膝行至荆轲身边，为之侍酒。

太　子　本宫在城内另有豪宅一所，即请荆卿搬去居住。那里的一切，都按秦宫式样布置。（指燕姬）燕姬原是秦宫之女，曾专司为秦王梳头之职，她对秦宫中的门径可谓了如指掌。待几日本宫将她送过府去，荆卿尽可以从她那里摸清底细。

荆　轲　荆轲何等之人，敢居殿下豪宅？燕姬乃殿下宠爱之人，她多情重义，曾协助太子逃离虎狼之国。多年来襄助殿下，处理军国大事。荆轲若敢染指，天地不容也，望殿下勿再言。

太　子　荆卿，为了破秦救燕，要本宫的头颅也在所不惜，何况一宅一姬乎？（侧身对燕姬）你收拾收拾，明日即过府去事荆卿。（燕姬默然，悄然对荆轲）此女技艺超群，专治失眠。

荆　轲　请殿下不要再提此事。

太　子　吾意已决，荆卿不必客气。（膝行至秦王偶像前，跃起）嬴政啊嬴政，我仿佛看到了你的末

日!(努力将偶像推倒)

荆　轲　(膝行至太子身边)荆轲此身已经属于殿下,但如此大事,必须详细策划,以求万无一失。否则,无异于引狼出洞,惹火烧身。望殿下允许荆轲从容策划,万勿催逼过急。

太　子　荆卿自便。

第三节　赠姬

〔荆轲豪宅。

〔秦王偶像立于一侧。

〔舞台的一侧有一根粗大的红色立柱,可以活动。

〔高渐离、秦舞阳、狗屠在舞台上转来转去。狗屠此时也背上了一把宝剑。

秦舞阳　(双臂张开,丈量着那根粗大的立柱)哎呀我的妈耶,这根大柱子,比我们村头那棵一百年的老槐树还要粗！太子殿下从哪里弄来了这般粗大笔直的巨木？不得了啊,不得了,荆大侠,跟着你,小弟算是开了眼界了！

狗　屠　说你是土包子吧,你还不服气。想我大燕国有成片的原始森林,参天的大树比比皆是,太子是国之储君,一人之下,万人之上,别说是弄这样一棵大树,就是弄这样一千棵大树、一万棵大树,也是易如反掌。

秦舞阳　嚯,你也满嘴名词,转起来了。土包子怎么了?多少英雄豪杰,都出身于田畴之间。(指狗屠)瞧瞧您那剑,是那样背的吗?应该是这样,(为狗屠示范)这样!并不是随便什么人,背上一把剑就成了侠士。这是剑,不是您案板上的屠刀!

狗　屠　我们屠夫一行,英雄辈出。你难道没听高先生说过吗?协助信陵君救赵的朱亥朱大侠,未出山前就以屠狗为业;为严仲子刺杀侠累的聂政聂大侠,也曾隐身屠坊,干过白刀子进去红刀子出来的勾当。

高渐离　(一直在舞台后边背手徘徊,做思考状,此时趋前,用极严肃的口吻)二位仁兄,还记得田先生临终时对我们的嘱托吗?

秦、屠　先生让我们襄助荆大侠完成刺秦大计。

高渐离　可你们哪？（压低嗓门）为一些鸡毛蒜皮的小事在这里争嘴拌舌，哪里还有半点侠士的样子？坐下，默想田先生关于侠道的教导。

　　［秦舞阳与狗屠慌忙坐在席上。
　　［荆轲衣冠不整，摇摇晃晃地上。

秦、屠　大侠早安！

高渐离　（小心翼翼地）荆卿睡得好吗？

荆　轲　（痛苦地）又是一夜未眠。高先生，您还有什么办法，赶快贡献出来救我。

高渐离　荆卿，其实您还是睡着了一点。

荆　轲　我辗转反侧，心烦意乱，连耗子打架，猫头鹰鸣叫，你们说梦话放屁，都听得清清楚楚。

高渐离　荆卿，五更时分，我起来小解，分明听到你的卧房里传出响亮的鼾声。

荆　轲　（兴奋地）您真的听到了我的鼾声？

高渐离　千真万确！

荆　轲　这么说我确乎还是睡着了一点？

高渐离　起码有一个时辰！

荆　轲　（指点秦、屠）你们也听到了我的鼾声？

秦、屠 听到了,你的鼾声,把我们从梦中惊醒。

荆　轲 (兴奋地)听你们这么一说,我心中顿感轻松。我以为没有睡着,但其实还是睡着了。

众　人 您确实睡着了。

荆　轲 (伸了一个懒腰,跪坐在秦王偶像前)即便没睡着,也不敢有丝毫懈怠,何况我还睡了一个时辰——高先生,请您再讲述一遍曹沫挟持齐桓公的故事。

高渐离 (在舞台后方边走边讲,以狗屠为虚拟桓公,狗屠和秦舞阳配合演出)曹沫曹大侠,鲁国人也。随从鲁庄公会盟齐桓公于齐地。庄公与桓公在高坛之上,正欲盟誓签订割地之约,曹大侠手持匕首,飞身上坛,左手拉住桓公袍袖,右手持匕首按在桓公脖颈,厉声曰:"齐国以强凌弱,欺负我鲁国太久太甚。今日当着众诸侯的面,请您对天盟誓,归还侵占鲁国的土地,并保证不再侵犯鲁国边境。"

狗　屠 (扮桓公)我对天盟誓,答应你提出的所有要求。

高渐离　事毕之后,曹大侠将匕首扔在桓公面前,纵身下坛,北面而坐,饮酒食肉,面不改色——!

荆　轲　此正是太子殿下想让我们做到、我们自己也梦寐以求的事情,但是——(荆轲前倾仆地)

　　[幕后高声传呼:"太子殿下送牛一头、羊一尾、豕一只,供荆大侠与众侠士消受——"

　　[秦舞阳与狗屠交换眼色。

荆　轲　(沮丧地)但是,秦宫不是齐地,秦王也不是桓公。荆轲纵然有十倍于曹沫之勇力,又有什么机会能威逼秦王对天盟誓、当众签约?即便秦王迫于形势,盟誓签约,但荆轲一松手,顷刻之间,就会被剁成肉酱,还到哪里去"北面而坐,饮酒食肉而面不改色"?!嗟乎,曹沫不可学也。

　　[幕后高声传呼:"太子殿下进锦缎十匹、美酒十坛供荆大侠与众侠士消受——"

秦舞阳　(悄对狗屠)这老兄,真肯下本钱啊!

狗　屠　(悄声)你就跟着吃香喝辣吧。

高渐离　其后一百六十七年,吴国又有专诸专大侠为公子光刺吴王僚故事。

荆　　轲　（悲凉地）讲来。

高渐离　（秦舞阳扮专诸，狗屠扮国王、国王侍从。二人随着高渐离的讲述夸张地表演）专诸专大侠，吴国堂邑人也。公子光为夺王位，埋伏甲兵于窟室中，请国王赴宴。从王宫至公子光家的大道两侧以及公子光家的院落、过道上，站满了国王的亲信，一个个手持长剑，虎视眈眈。酒至半酣，公子光托词退出，专大侠将匕首藏在鱼肚子里，冒充上菜的厨师，来到国王面前。大侠扒开鱼肚，抓起匕首，以迅雷不及掩耳之势刺杀国王。国王的武装侍从，扑上来将大侠乱剑刺死。公子光埋伏的甲士突出，杀尽国王的亲信。公子光成为吴王，封专诸的儿子为上卿。

荆　　轲　专诸可学也，但可惜荆轲没有个儿子被封为上卿。

秦舞阳　先生不妨收一个可造之才为义子。

狗　　屠　你又想什么歪门邪道？

　　〔幕后高声传呼："太子殿下进良马三匹、高车一乘，供荆大侠使用。"

荆　　轲　请讲豫让故事,高先生。

高渐离　(秦舞阳扮赵襄子,狗屠扮豫让,二人随着高渐离讲述表演)豫让豫大侠,晋国贵族智伯门客也。为报知遇之恩,两次化装潜伏于茅厕中与草桥下,欲为智伯刺杀赵襄子,均被识破。赵襄子说:"豫让,你为智伯报仇,已经得到了义士之名。但为了自身安全,我不能再次赦免你了。"豫大侠曰:"君前次宽恕了我,也为你自己博得了宽厚的美名。今日,我是该死了。唯求君之外衣,让我以剑击之。一是了却我为智伯报仇的心愿,二是将更加宽厚的美名赠你。"赵襄子遂将外衣脱下,使人送到豫让面前,大侠拔剑,三跃而击之,然后伏剑自杀,成就了忠烈侠士之义,也成就了赵襄子宽厚仁慈之名。

荆　　轲　豫让空有侠士之名,实乃跳梁小丑,不足学也。

狗　　屠　我倒觉得这个豫大侠是个憨厚人。

秦舞阳　什么憨厚人?傻蛋一个!

　　[幕后高声传呼:"太子赠无价之宝,供荆大

侠一人享用——"

　　〔一个庞大的物件,由四个侍卫抬上。

秦舞阳　我的娘,这是个什么宝贝?

狗　屠　(抽动着鼻子)好香啊!

　　〔一侍女上前,揭开一层层的绸缎,显出了浓妆艳抹、酥胸半露的燕姬。

荆　轲　(激动地)燕姬——

燕　姬　(彬彬有礼地)先生。

荆　轲　(对侍卫)速将燕姬护送回太子宫中。

燕　姬　妾乃太子赠给先生的礼物,送给别人的东西,哪有收回去的道理?从现在起,您就是我的主人了。(示意侍卫们退下)

高渐离　(趋前施礼)久闻燕姬盛名,今日得见,如睹天人!

燕　姬　您就是高先生吧?

高渐离　高渐离。

秦舞阳　(膝行至燕姬面前)秦舞阳参见燕姬。

狗　屠　(膝行至燕姬前)俺也参见燕姬。

燕　姬　贱妾此身已属荆卿,你们都是荆卿兄弟,往后就不要这般客气了。

　　[燕姬膝行,为众人斟酒。

荆　轲　(掩饰着内心的激动)高先生,豫让之后,还有什么故事?

高渐离　豫让之后四十年,魏邑又有聂政聂大侠故事。

荆　轲　讲来。

燕　姬　(挺身向前,对荆轲)主人,高先生已经口干舌燥,可否由贱妾为您讲述这段故事?

荆　轲　(讶异地)你?怎敢劳动您开启金口?

燕　姬　(冷笑)太子经常在我的讲述中奋然而起,宛如一只好斗的公鸡。

荆　轲　荆轲洗耳,恭听您的燕语莺啼。

燕　姬　(跃起,神采飞扬地)聂政聂大侠,魏国人也。少年时因事杀人(秦舞阳示意狗屠,意为此事与自己的经历相同),与老母、姐姐避祸于齐国,隐身屠坊,以杀狗为业。

狗　屠　(低声对秦舞阳说)听到了没有?

燕　姬　濮阳贵族严仲子,携带黄金百两远道入齐,为聂大侠母亲祝寿,其意是想请聂大侠出山。大侠曰:"老母在堂,长姐待字,此身不敢许人也。"以后数年,姐姐嫁人,母亲过世。聂大侠至濮阳,见到严仲子,曰:"聂政乃逃亡罪犯,隐身市井,操刀屠狗为业,先生贵为卿相,能自降身份,千里迢迢,前来为政母祝寿,如此高义,聂政没齿不敢忘也。今老母过世,姐有归属,此身自由,可以为先生捐躯也。请先生言明所恨何人,聂政不惜性命,为先生图之。"严仲子曰:"仲子所恨之人,韩国宰相侠累也。侠累既是宰相,又是韩王叔父,权势熏天,炙手可热。我已经预备了车骑壮士数百人,辅佐足下成事。"聂大侠谢绝车骑壮士,仗剑独行至韩。时侠累方坐府上,周围甲士护卫。大侠飞身登阶,刺杀侠累。左右甲士大乱。大侠施神威,片刻间击杀数十人。然后决目毁容,剖腹出肠而死!

秦舞阳 壮哉聂大侠,勇哉聂大侠!

狗　屠 为我屠宰一行增添了光彩!

燕　姬 韩王将大侠遗体悬于市,有能认出者赏千金。大侠姐姐名聂荣,闻听消息,急赴韩市,伏尸大哭。曰:"杀侠累者乃魏国轵城深井村人聂政也。"市人问:"此人刺杀韩相,罪大恶极,夫人前来相认,不怕祸及己身吗?"聂荣正色曰:"我弟弟决目毁容,是怕被人认出连累于我,我怎敢苟全此身,埋没了我弟弟的英名?!"言罢连呼苍天三声,死在大侠尸身旁。

秦舞阳 女中丈夫也!

狗　屠 她也跟着弟弟成了名。

荆　轲 聂政之后还有名列青史的侠义之士吗?

燕　姬 (冷嘲地)那也许就是荆卿了。

荆　轲 (悲凉地)想不到终结了几百年侠客故事的,竟然是一个女人!

燕　姬 (意味深长地)也许开始了新一轮侠客故事的,还是一个女人。

高渐离 (注目燕姬)我真怀疑这花冠丽服之内,藏着一个青年侠士。

燕　姬 (跪地敛容垂首)贱妾多言,有悖妇人之礼,还望主人和诸位侠士宽宥。

第四节　决计

　　［同前景。
　　［三个月后。
　　［荆轲、高渐离对坐席上。
　　［燕姬跪在荆轲身后,为其按摩头颈。
　　［秦舞阳在一边溜达,连连打着饱嗝。
　　[狗屠在一边装模作样地练习剑法。

高渐离　(厌烦地)舞阳兄,你能不能坐下安生一点?晃来晃去,让人心烦意乱。
秦舞阳　不是我不想坐下,是我坐下就喘不动气儿。不行,该减肥了。
狗　屠　瞧那点出息! 少吃点嘛!

秦舞阳 我吃得多吗？我吃得不多，是这里的食物太精美了。

高渐离 如果连自己的嘴都管不住，还算什么侠士？

秦舞阳 如果我不吃，第一是造成了不必要的浪费；第二是对不起太子的一番美意。何况，即便我不吃，身体健壮，行动像豹子一样敏捷，荆大侠就能让我跟随他去刺秦吗？再说啦，高先生，在这荆府里住了三个月，我看您老那小长脸儿也变圆了，您那小肚腩也鼓起来了。只有我们荆大侠，还保持着健美的体形，这大概是燕姬夫人之功——

〔燕姬冷笑。

高渐离 （无奈地）吾乡有鄙谚曰："一岁长不成大毛驴，永远是只驴驹子。"此言不谬也！

秦舞阳 你竟敢骂我是驴驹子！

狗　屠 驴驹子多么可爱啊，要我说，你还不如一头驴驹子，你只能算作一只狗崽子！

秦舞阳 （怒）你们合伙欺负我乡下人！这是什么世道？王亲贵族瞧不起乡下人倒也罢了，可连杀狗的、卖菜的、挖大粪的,只要说话嘴里带"丫"的,就敢拿乡下人开涮。

[幕后高声传呼:"太子殿下送熊掌四只、美酒一坛供众侠士享用——"

秦舞阳 （低声）老上这些东西,我能不胖吗?

荆　轲 吵啊,怎么不吵了?只有在你们的吵闹声中,我才能假寐片刻。

秦舞阳 吵累了,歇会儿。

荆　轲 （长叹一声,对高渐离）先生,刺客一道,到了聂政,已经登峰造极,我等无论怎样努力,也难干出超过他们的事情了。

高渐离 荆大侠,聂大侠义薄云天,刺杀侠累,但如果不是有后边的决目毁容及其姐的伏尸痛哭,他的事迹,大概也早已湮没在历史的尘埃之中——这是一个多么精心的设计。

荆　轲 愿先生教我。

秦舞阳 这一定是事先串通好的,聂大侠也不能只顾自己成名,她姐姐也要成名呢。

荆　轲 休要插嘴,听先生说。

高渐离 聂政刺杀的,乃区区韩国一相也,如果没有后边的故事,他的名声,如何能列众侠之首？从古至今,刺客的名声,依赖于被刺者的身份地位和刺杀的环境,俗言曰:"水涨船高。"说的就是这个道理。

狗　屠 偷一头黄牛,那只是一个毛贼;劫持了王纲,那就是一条好汉。

秦舞阳 调戏一个民女,那是一个痞子;勾引了皇上的宠妃,那就是一个诗人!

高渐离 二兄所言,虽然略嫌粗俗,但确实切中了时弊。被刺者的身份越高,刺客的名声越大;行刺的环境越险恶,刺客的声誉越隆。纵观成名侠士历史,曹沫所挟持之齐桓公,虽有霸主之名,但毕竟是优柔寡断之辈。专诸刺杀之吴王僚,乃一偏远小国昏暗之君。豫让欲刺之赵襄子,乃赵国一破落贵族。聂政刺杀之侠累,乃区区韩国之相。此四人,无法与雄才大略、狼行虎步的秦王相提并论也。齐之盟台,吴之宴席,赵之茅厕、草桥,韩之相府,更无法与巍峨堂皇之秦宫同日而语也。荆大侠如能将令诸侯畏之如虎、闻之色变的秦王刺死在甲士如云、谋士成群的秦国宫殿之上——那才是千古一刺,终结了侠士的历史,令后代的刺客们,连模仿都无法再模仿了!

荆　轲　(顿首)吾意已决,先生毋庸多言也!

　　[幕后传呼:"太子殿下到——"

　　[众慌忙整衣敛容,膝行迎接。

　　[太子登台后,先扑到秦王偶像前,怒批其颊数十,以致手裂血出。然后举着两只血手跪在众人面前,痛哭不止。

高渐离　(感动地)殿下如此痛苦,令我等也痛不欲生了!(号哭)

　　[秦舞阳和狗屠也跟着号哭。

荆　轲　(冷漠地)请殿下止住您悲惨的哭声吧,荆轲已在洗耳恭听。

　　[燕姬献一根白绸巾让太子擦手。绸巾染红。燕姬将血染绸巾示众。

太　子　荆卿,高卿,秦卿,诸位爱卿,本宫即将死无葬身之地了啊……

高渐离 殿下何出此不祥之言?

太　子 诸位爱卿,秦将王翦,已经攻破赵国首都,俘虏了赵王,并将赵国国土,纳入了秦国的版图。现在,秦国的大军,已经逼近了燕国的南部边境。王翦率兵渡过易水,灭亡我燕国,已是早晚的事情。诸位爱卿啊,本宫很想永远地将你们供养下去,让你们食尽天下的美味,享尽人间的至福,但看来是不可能了……

高渐离 殿下不要多说了。俗言曰:"养兵千日,用在一时。"现在,正是我们报效殿下的时候了。

秦、屠 我们愿意为殿下效命!

太　子 (瞩目荆轲)荆卿啊……

荆　轲 (冷淡地)殿下,秦王虎狼之君,生性多疑。我等空手而去,别说登堂上殿,只怕一入秦境,就被当成了奸细——

太　子 如卿所言——

荆　轲 请殿下修书一封,自甘示弱,愿俯首称臣,并将燕京东南督、亢之地,割让与秦,并绘制地图,献给秦王,作为晋见之礼。

太　子　此是一场假戏。督、亢地图,不过几尺黄绢,本宫焉有不准之理?马上就办。

荆　轲　听说秦国叛将樊於期,现在藏匿太子宫中。樊将军系秦王深恨之人,有能取其首级者,赏黄金千两,食邑万户。荆轲请殿下取樊将军首级与我,以取悦秦王。秦王喜悦,必接见我,如此则有机可乘,大事可成矣。

太　子　(夸张地)不可不可!想那樊将军,系本宫在秦为质时旧友,吾穷困之时,曾受其馈赠羊酒。我能够逃离秦国,也多得樊将军助力。他遭秦王迫害,于穷途末路之时,前来投奔于我。我收留庇护他,正所谓"受人涓滴之恩,当以涌泉相报"。我怎能为一己之私利,而伤朋友之性命?荆卿万勿再言,请另谋良策。

高渐离　殿下宅心仁厚,不因危急而负旧友,虽齐之孟尝、魏之信陵,难望殿下项背也。

荆　轲　秦国如破燕国,樊将军也必死无疑,愿殿下三思。

太　子　荆卿,不要让我背上不仁不义的恶名,不要

让我这干净的双手，染上朋友的血迹！（展示血手）

荆　轲　既然如此，只好作罢。请殿下搜求一把匕首，作为刺杀秦王的利器。

太　子　（咬牙切齿地）宫中即有徐夫人匕首一把，吹毛寸断，锋利无比，并且淬上了剧毒之药，见血封喉，触之即死！

荆　轲　如此，差强也算万事俱备。

太　子　荆卿何时可以动身？本宫将设宴与君壮别。

荆　轲　荆轲本该立即出发，但这失眠症……

太　子　还没好？（目瞩燕姬）难道这样的良药也治不好你的失眠症？

荆　轲　在燕姬的调理下，失眠症确实见轻。过去是彻夜不眠，现在能迷糊一个时辰了。

太　子　每天只睡一个时辰，确实是少了点。

高渐离　殿下，高某想起来一个家传秘方，可以让荆卿的失眠症彻底痊愈。

太　子　说，除了龙肝凤髓我弄不到。

高渐离　猫头鹰脑袋七只，文火焙干，研成粉末，用热黄酒睡前冲服。

太　子　那猫头鹰可是白天睡觉夜里醒啊。

高渐离　荆卿殚精竭虑,用脑过度,导致不眠。猫头鹰脑袋是世上第一等补脑良药,食之必当奏效。

太　子　好啊,连家传秘方都贡献出来了。

高渐离　为了国家大事,我愿献出生命,何况一个秘方。

狗　屠　偏方治大病。

秦舞阳　用蝙蝠脑子也可以吧?

太　子　秦卿,就由你带人去捕捉猫头鹰吧。

第五节　死樊

［同前景。

［秦王偶像，蒙上红布。

［高、秦、狗屠、燕姬俱在场上。

［幕后传呼："樊将军到——"

［众人起立相迎。

［樊将军手捧一木匣上。

樊於期　哪位是荆轲先生？

荆　轲　鄙人便是。

樊於期　奉太子殿下之命，前来送宝匣，并请先生赐教。

荆　轲　樊将军大国上将，竟然充任役使，此太子殿下之误、荆轲之罪也。

樊於期 末将乃丧家之犬,漏网之鱼,幸得太子庇护,漫说充任役使,即便当牛做马,也无丝毫怨言。

荆　轲 将军高义,荆轲钦佩不已。

樊於期 愿先生教我。

荆　轲 荆轲乃太子门下寄食之人,何敢妄言于将军之前?

樊於期 末将闻王翦大兵压境,燕国形势危急,乃晋见太子,欲请一支兵马,星夜驰往易水之滨,与王翦决一死战。胜则成战将之名;不胜则奋勇战死,以谢太子之恩。

荆　轲 壮哉将军之志也。

樊於期 太子将宝匣交付与我,让我过府谒见荆大侠,言荆大侠将有善策授我,望不吝赐教。

荆　轲 (环视台上诸人,膝行至秦王偶像前,跃起,拔剑挑开遮布)将军可识此人?

樊於期 (觳觫不止,颤声)秦王……

荆　轲 正是秦王偶像,太子亲手所制。将军是否明白太子殿下为什么要把秦王偶像置于此地?

樊於期 （困惑地）末将不知。

荆　轲 樊将军安坐饮酒，请看我等为您搬演一场好戏。

　　［荆轲示意，秦舞阳和狗屠跑到秦王偶像两边充任侍卫，高渐离扮副使手捧地图，荆轲捧起樊将军送来的匣子，燕姬站在一旁。

　　［沉重而充满煞气的音乐声起。

燕　姬 （高声传呼，连呼九声，实为九个傧相接力传呼，谓之"九傧之礼"，实际排演时可简略）传燕使上殿——

　　［在传呼声中，荆轲与高渐离先用并步之法行走，然后跪地膝行，渐至秦王偶像前。

燕　姬 （模拟秦王声口）燕使报上姓名。

荆　轲 微臣荆轲。

燕　姬 身旁副使何人？

高渐离 微臣高渐离。

燕　姬 燕丹还算知趣，及早归顺，免去了大动干戈之苦。将尔手中宝匣献上来，让孤王看看这宝贝的模样！

[荆轲膝行上前,将手中宝匣高高举起,秦舞阳上前接过匣子。

燕　姬　(狂笑)好啊,好啊,你到底没有逃出我的手心!将副使手中地图献上来。

　　[高渐离欲自行上前献图。

燕　姬　副使却步!

　　[荆轲从高渐离手中接过地图,趋前。狗屠接过地图,放在秦王偶像前。

　　[用一个适当的方式展开地图,图穷匕首见,荆轲抓起匕首,猛地刺向秦王偶像。

　　[樊於期匍匐在地。

　　[音乐止。

荆　轲　樊将军,您可看明白了吗?

樊於期　末将看明白了。

荆　轲　樊将军乃秦国上将,为秦国南征北战,攻城略地,立下了煌煌战功。就为了一点区区小事,秦王把将军父母宗族数百人全部屠杀,还高悬赏格,以黄金千两、食邑万户求购将军头颅,秦王对待将军,是不是太过分了?

樊於期 （伏地痛哭）末将每每想到此事，就感到痛心疾首，仿佛连血液都不再流动，似乎连呼吸都要停止。所以末将向太子请命，愿战死沙场，以报秦王灭族之恨，以报太子收留之恩。

荆　轲 将军差矣！将军曾为秦国上将，虽然避难燕国，但身份终生难改。以秦将之身，拒秦国大军，此忠臣烈士不为也。荆轲今有一计，既可报将军不世之仇，又可酬将军欠人之恩，更可成将军英烈之名——

樊於期 大侠教我。

〔荆轲示意秦舞阳将宝匣送到樊於期面前。

荆　轲 将军可知匣中何宝能让秦王如此动容？

樊於期 末将不知。

〔荆轲示意秦舞阳打开宝匣，匣中空无一物。

樊於期 （疑惑地）大侠……

荆　轲 此匣空置，等待将军之首级！

樊於期 （仰天悲鸣）太子殿下……

荆　轲 后世的史官，已经准备好了刀笔竹简，准备刻写将军的事迹。

樊於期 （悲凉地）太子殿下……

　　［樊於期拔剑自刎。

荆　轲 （对狗屠）赶快取下樊将军首级，放在冰窟里藏起。

秦舞阳 这是他的看家本事。

燕　姬 一场意味深长的好戏。

高渐离 我的智慧，已经不足以理解眼前发生的事情。

燕　姬 更精彩的故事，大概刚刚开始。

　　［幕后传呼："太子殿下割臂上之肉四两，为荆卿煲汤疗疾——"

　　［太子府中随从甲持麈尾在前引导，随从乙捧汤煲随后上场。

高渐离 嗟乎，殿下此举，足以惊天动地。荆大侠啊，我等虽肝脑涂地也难报太子高义于万一了。

　　［随从乙将汤倒出，献到荆轲面前。

随从甲 此汤大补，胜过猫头鹰脑袋。

随从乙 请大侠趁热喝下，我们也好回复太子。

荆　轲 太子啊太子，其实您不煲这汤，荆轲也没有回旋余地了。

随从甲 请大侠趁热用汤,早日恢复健康。

荆 轲 (拔剑击破汤碗)请回复殿下,荆轲如有动摇之心,就跟这个汤碗一样。

第六节 断袖

［同前景。

［舞台中央,席上有卧具。

［旁有灯盏,表示夜景。

［秦王偶像置于席边。

［天幕上悬挂着一只巨大的猫头鹰。

［燕姬端着一碗汤跪进到荆轲面前。

燕　姬　主人,请喝补脑汤。

荆　轲　(夺过碗扔到一侧)你也相信那些鬼话?

燕　姬　病笃乱投医。

荆　轲　这江湖郎中的邪门歪道根本治不了我的病。

燕　姬　那谁能治好你的病?

荆　轲　你。

燕　姬　我已经尽我所能。

荆　轲　（双手抓住燕姬的肩膀）燕姬，趁着这良辰美景，让我再看一眼你美丽的面容。让我再吻一次你娇艳的樱唇，让我再嗅一次你秀发的芳馨。明天，就要在太子面前实战演练，后天就要启程远行。燕姬，此刻我不是那个冷酷的刺客，也不是那个清高的侠士。此刻我是一个有血有肉的人，一个平生第一次领略了肌肤之亲的男人。

燕　姬　听起来好像真的。

荆　轲　三个月来，第一天你有精彩表演，然后你就沉默寡言。白天你还偶尔说几句冷嘲热讽的话，但一到晚上，你就变成了一个只有肉体没有灵魂的土木偶人。我吻你，如同吻着一块冰；连我的舌头和嘴唇都变得僵硬。我抱你，如同抱着一块铁，那么僵硬，那么沉重；使我的双臂都感到麻木酸痛。看起来你对我事事顺从，但你的心像一块地洞里的石头；你的灵魂，在一个遥远的地方遨游，宛如一只难以捕捉的风筝。

燕　姬　我有灵魂吗？

荆　轲　一入夜,就仿佛有黏稠的蜂蜜粘住了你的嘴;一上床,你就如同死人闭上眼睛。我真的就那么讨厌吗？连让你看一眼都不值得？燕姬,跟你在一起,起初我还以为占了多大的便宜,但现在,我越来越感到受了你的蔑视！一个男人,被一个自己心仪的女人蔑视,这样的痛苦胜过了从臂上往下割肉。太子为了激我刺秦,可以割肉为我煲汤;为了让你睁开眼睛看看你身上的我,我可以砍下一条手臂。燕姬！

燕　姬　(冷笑)你不要叫我燕姬,我现在是大侠荆轲屋里的一件东西,与那些归你使用的车马货物是一个等级。

荆　轲　你是我心中的无价之宝,如果我的嘴巴足够大,我会将你吞到嘴里。

燕　姬　这真是出我意料的奇迹。我以为你只会板着面孔玩酷,想不到竟然从你的嘴里吐露出这样一番肉麻的说辞。太子把我像赠送物品一样赠送给你,供你泄欲就是我的天职。你也从来没有把我当成一个人吧？难道你还指望一件物品开口说话？如果你的车说了话，如果你的马说了话，如果你的那些珠宝说了话，（指秦王偶像）如果他说了话，你难道不被吓个半死？

荆　轲　我的车马珠宝，明天这个时候，就会重新变成太子的财产；其实它们从来也没有属于过我。就像这所豪华的宅邸，产权永远归太子，我不过是一个暂时寄居的房客。而这秦王偶像，我倒真希望他能开口说话。让我听听这威震华夏的虎狼之君，喉咙里能发出什么样的声音。从我受命之后，每天夜里都会梦到他，就像与一个老友定时约会。在我的梦里，他总是滔滔不绝地讲，讲他的抱负，讲他的痛苦，讲他的委屈，而我，就像被一双巨手扼住了咽喉，空有满腹的话语，但却发不出自己的声音。而他的声音，与你的声音竟是那么地相似；他的蜂准长目、两道蚕眉、一张阔口、三绺美须，只不过是他戴着的一副面具，而面具后边隐藏着的，是你的月貌花容。这样的梦境屡屡动摇我的决心，使我胳膊酸软，连轻薄的匕首都难以举起。我，天天端着架子，绷着面孔，仿佛一个冰冷的木偶，(指秦王偶像)就像他一样，连他还不如，他还能夜夜进入我的梦境，而谁家的梦境里会有我？

燕　姬　听你这些像台词一样的美丽话语，即便是通篇谎言，也是一种享受。

荆　轲　燕姬，我在这侠士道里浸淫多年，听到的都是些壮烈的陈词滥调，看到的都是些装模作样的虚伪嘴脸。习惯成自然，日久天长，我自己也变成了这般模样。但从见到你那天我就产生了异样的感觉，我感到包裹着我内心的那层冰壳正在融化，我心中慢慢溢出了软弱的温情。那天你替代高先生演说聂政故事，举止潇洒，英气逼人，令我目不暇接，心醉神迷。你是我从来没有见过的女人。我知道自己已经成了你的奴隶，而你才是我的主人。侠士道里允许纵情酒色，但不允许对女人产生感情。这是我的启蒙老师和田先生反复教导过我的。他们说侠士一旦对女人动了感情，刺出去的剑，就会飘忽不定。我忍着，不把自己当人，也不把你当人。我压抑着内心深处像烈火一样的感情，把自己变成一个纵欲的浪子，把你当作一个可以用金钱购买的娼妓。但坚持到这告别的前夜，我必须对你表白心迹，尽管这种表白接近滑稽。我希望能过一夜人的生活，我希望能与一个有体温有感情的女人过一夜生活，然后去赴汤蹈火，也不枉了为人一世。

燕 姬 （悲凉地笑笑）先生，世上哪个女人不想动情？但动情的结果就是被当作物品一样互相赠送。当初秦王也曾对我含情脉脉，用他那些掌握着生杀大权的手指，梳理过我的每根发丝。为了表达柔情蜜意，他甚至用他的金口玉牙，啃咬过我的脚趾。但几年过去，他就把我送给了太子殿下。在他的送礼清单上，开列着：骏马三匹，车一乘，美人一个。太子穷困之时，与我相呴以湿、相濡以沫，也曾对着苍天，发过海誓山盟。但他的誓言犹在耳畔，我已经躺在你的床上，任你玩弄，仿佛一个廉价的娼妓。如果你劫持秦王归来——当然你不可能劫持秦王归来——但假如你劫持秦王归来,被封为燕国上卿,为了你的利益,马上就会把我转送给你的狗友狐朋。女人在这样的世道里,妄动真情,往轻里说是一种浪费;往重里说,那就是自己找死。女人的感情并不是永不枯竭的喷泉;女人的感情是金丝燕嘴里的唾液。——你知道吗?这种华贵的小鸟,它的唾液只能垒出一个晶莹的燕窝;到了第二个,吐出的全是鲜血。你难道要我的血吗?

荆　轲　轻易不动感情的人,一旦动情,就会地裂山崩,把自己燃烧成一堆灰烬,被他爱上的人,也会被这狼烟烈火烧烤得痛不欲生。我不要你的血,但我要你接受我的感情。

燕　姬　先生,所谓的感情,其实是一种疾病。来得快,去得猛;来得慢,去得缓。但不管是快还是慢,不管是猛还是缓,只要是上了这条贼船,不遍体鳞伤,也要丢盔卸甲。如果你还不明白,就想想春天池塘里那些恋爱的青蛙,它们不知疲倦地呱呱乱叫,不吃不喝,不睡不眠,被爱情煎熬得如同枯枝败叶。一旦交配完毕,立刻仰天而死。而那些没有恋爱的蛤蟆，则可以在池塘里自在悠游，从阳春到盛夏，从盛夏到金秋，然后开始又一次幸福的冬眠。

荆　轲　我宁愿做一只恋爱中的青蛙，放开喉咙歌唱，然后尽欢而死，也不愿意做一只长命百岁的蛤蟆。

燕　姬　你做不了青蛙，也成不了蛤蟆，您是肩负重任的大侠。所以啊，先生，还是省出点时间和精力，仔细谋划一下您的刺秦大计。人家的豪宅你住了，人家的美酒你喝了，人家的女人你玩了，连人家身上的肉你也吃了。你的身体其实已经不再属于你自己，你们的交换已经完成。你看起来还活着，其实已经死了。唯一可做的，就是利用已经不属于你的这条命，为自己捞取更大的名声。我曾经对你说过许多秦宫的陈规陋俗，那些都是废话，你从许多人那里都可以打听到，今晚我对你说的，才是我要传给你的真经。

荆　轲　（自嘲，悲凉地）为什么真理多半从女人的嘴里说出？

燕　姬　（冷笑）因为女人更喜欢赤身裸体。(脱下一件衣服扔到秦王偶像头上)来吧,荆轲先生,我的主人,我愿意提高一点温度,让你这个活着的死人,领略一次女人的热情。

荆　轲　你的话已经让我感到心灰意冷,勉强的升温,还不如戴着假面演戏;伪装的笑容,还不如真实的哭泣。我已经被太子推上虎背——

燕　姬　没骑上虎背的人,也许正被嫉妒的火焰,烧烤得眼睛通红。

荆　轲　感谢你在这个深沉的夜晚对我推心置腹,我身既然已属太子,那就该全力以赴,干好他托付的事情。(用剑挑开秦王头上的衣服)请你穿好这五彩的霞衣,陪我再次熟悉刺秦路径。

燕　姬　其实已经不必再费精力,你有了樊於期的头颅和督、亢的地图,肯定可以得到近身秦王的机会。你手中有了剧毒的匕首,只要触及他的皮肤,就能要了他的性命。你必将成为一个名重一时的刺客,但我还是为你感到可惜。

荆　轲　是可惜我这条不值钱的性命?

燕　姬　侠客的性命本来就不值钱。对于你们来说，最重要的是用不值钱的性命，换取最大的名气。我已经多次听那个高先生高谈阔论——他知识丰富，老谋深算，剑术也是上乘——听他的意思，似乎你刺死了秦王，就会成为天下第一刺客，空前而绝后，无人再能超越。其实，他不知道：一次成功的刺杀，就像"有情人终成眷属"一样平庸。他不明白，难道你也不明白？事物的精彩不在结局而在过程。

荆　轲　你的意思是我不应该刺死秦王，而是应该把他生擒？你比我还要清楚，生擒秦王，绝无可能。别说我挟持着秦王出不了秦宫，即便出了秦宫，我又如何能够挟持着一个国王，穿越层层关卡，走完从秦都咸阳到燕都蓟城的三千里路程？

燕　姬　即便你能生擒秦王，从秦都回到燕都，依然是一个平庸的结局。

荆　轲　刺死他，平庸；生擒他，依然平庸。按你的想法，如何才能不平庸？

燕　姬　你应该知道，最动人的戏剧是悲剧，悲剧没有大团圆的结尾。最感人的英雄是悲剧英雄,他本该成功,但却因为一个意想不到的细节而功败垂成。如果你能做到这一点,你就超越了历代的侠客,而后代的侠客,如果模仿你,都像东施效颦一样拙劣。

荆　轲　我似乎明白了你的意思。

燕　姬　其实我的意思,早就存在于你的心中。

荆　轲　我真怀疑你是秦王派来的奸细。

燕　姬　(冷笑)你就不怀疑我是太子的卧底?

荆　轲　即便你是太子的卧底,我这里还有什么有价值的机密?

燕　姬　对太子殿下来说,这里的一切都是机密。譬如荆轲中午吃了一碗米饭,下午和高渐离讨论秦国的气候问题。由讨论秦国的气候,引申到秦宫内的温度,然后又猜测了秦王上朝时会穿什么服饰。总之会有人向太子汇报:荆轲为了刺秦,已经绞尽了脑汁。他考虑到了可能发生的各种情况,并想出了许多的应对措施。看起来如果不发生难以预料的变故,他们的计划已经万无一失。

荆　轲　那么,请允许我向你——你这个为秦王梳过头的宫女——请教几个有趣的问题。(指向秦王偶像)他真是这副模样吗?

燕　姬　(从身后摸出一副面具戴上)他也许是这样一副模样。(披上一件黑色的长袍)他也许穿着这样的服饰。

荆　轲　我想知道秦王服饰用什么材料制成?它们是否足够结实?

燕　姬　(模仿秦王声口,边说边舞)寡人乃大秦国君,食不厌精,脍不厌细。金山银海,肉林酒池。锦衣华服,当然是上等质地。寡人的朝服,是用天蚕丝织成的锦缎裁缝而成。潇洒飘逸,坚韧无比。寡人的一只衣袖,可以拴住一匹骏马;寡人的一条丝带,能够悬挂一具尸体。等你们到达秦宫之时,已经是隆冬腊月,接见你那天,寡人会内穿狐裘,外罩长袍。长袖飘飘,犹如黑云漫卷;冠冕堂皇,宛若天神下凡。(厉声)荆轲,你为什么要刺我?

　　[荆轲语塞。

燕　姬　你跟我有仇吗?

荆　轲　我跟你没仇。

燕　姬　你跟我有怨吗?

荆　轲　我跟你也没怨。

燕　姬　那你为什么要刺我?

荆　轲　我是为了天下的百姓刺你。

燕　姬　许多卑鄙的勾当,都假借了百姓的名义。

荆　轲　你凶狠残暴,灭绝人性,滥杀无辜,连自己的亲族也不放过——我为那些死去的冤魂刺你。

燕　姬　你是侠士,据说还喜欢读书,按说应该有点见解,怎么像目不识丁的妇孺一样无知?你去翻翻那些落满灰尘的历史账簿,看看哪家的宫廷里没有刀光剑影?看看哪个国王的手上没有血迹?钩心斗角,争权夺势;我不杀他,他必杀我;没有公道,也没有正义;没有是非,更没有真理。成则王侯,败则贼寇。这样的故事过去有,现在有,将来也不会绝迹。你用这样的理由刺我,不但不能服众,只怕连你自己也说服不了。

荆　轲　你横征暴敛,赋税沉重,致使民不聊生;你大兴土木,修建宫殿王陵,百姓啼饥号寒,民众怨声载道。——我为了秦国百姓刺你。

燕　姬　你又不是秦国百姓,我横征暴敛,我大兴土木,干你屁事?再说,你现在栖身的豪宅,难道是用气吹出来的?你享受的锦衣玉食,难道是老百姓自愿奉献?

荆　轲　你穷兵黩武,发动战争;侵占邻国土地,扩大秦国版图;虎狼之心,贪得无厌。庆父不死,鲁难未已;暴秦不灭,天下不得和平。——我为诸侯刺你。

燕　姬　你以为刺死我天下就和平了吗?春秋无义战,列国皆争雄。几百年来,战乱不断,诸侯纷争;今日合纵,明日连横;国土疆界,如水随形。这是基本的历史常识,还用得着我来对你普及?哪个国家强大了,不对弱国动武?哪个女人漂亮了,不被男人觊觎?利刃在手,易起杀心;权大无边,必搞腐败。兵多将广,武器精良,不发动战争,难道养着好看?弱肉强食,古今一理。假如我被你刺死,那些诸侯,马上就会起兵攻秦,秦国的版图,照样会被瓜分蚕食。如其这样争斗不断,不如我把他们全灭了,那样也许还真的迎来一个天下和平的时代。你用诸侯之名刺我,等于为一群狼,刺另外一只狼。这样的理由,不能让我信服。

荆　轲　燕太子丹舍我豪宅,日进美食,间进车骑美女,供我享用,知遇之恩,不敢不报——我为燕太子丹刺你。

燕　姬　这还勉强算作一个理由,不过也不是什么知遇之恩,只能算作豢养之情;就像主人豢养着一条狼狗,随时都可以放出来咬人。我可以送你更大的豪宅,赠你更精美的食物,把我的车辆送你,将我的骏马赠。我宫中的三千粉黛,任你挑选享用;我库中的金银财宝,供你恣意挥霍。但我让你去替我刺燕太子丹,你去吗?

荆　轲　太子殿下为我割臂煲汤,恩情重于泰山——

燕　姬　也许那汤里煲着的只是一条狗腿,我可知道那厮的脾气。

荆　轲　侠义之士,一言既出,驷马难追。我已经答应了燕太子丹,岂能反悔?——我是为了侠士的荣誉刺你。

燕　姬　你总算说到了事情的根本。你们这些所谓的侠士,其实是一些没有是非、没有灵魂、仗匹夫之勇沽名钓誉的可怜虫。但这毕竟也算是一种追求,做到极致,也值得世人尊重。我同意你用这样的名义刺我,但为你考虑,我希望你好好谋划,怎样用你这点唯一的本钱,赚取最大的利益。(摘下秦王面具)荆轲,我如果是你,就不刺死他。因为这秦王,在短期内必将灭绝诸侯,一统天下。他也许会成为中国历史上第一个皇帝。他也许会在他的帝位上,干出许多轰轰烈烈的事迹。他很可能要统一天下的文字,焚烧那些无用的杂书。他很可能要整修天下的道路,统一天下的车距。他很可能要在列国长城的基础上,修建一条绵延万里的长城。他很可能要烧制成千上万的陶俑,在地下排列开辉煌的战阵。他很可能要去泰山封禅,派术士到海上求仙。你如果此时刺死他,这些辉煌的业绩,荒唐的壮举,都将成为泡影。按照你那位朋友高渐离的说法,"水涨船高",你的名字,既然要和他联系在一起,就应该和千古一帝的嬴政联系在一起,而不要和眼下的秦王联系在一起。你杀了眼下的秦王,他是主角,你是配角。你能杀而没杀眼下的秦王,他是配角,你是主角。既然是放债,就要争取最丰厚的利息;既然是演戏,那当然要赚取最热烈的喝彩。而且我也说过,世人总是更愿意垂青失败的英雄。先生,让秦宫里的人看到,让天下的人知道,你本来可以杀死秦王,但你为了活捉他,而没有杀死他,这次演出,就算是大获成功!

荆　轲　你想让我牵着秦王的衣袖,把舞台一直扩展到荒郊野外?

燕　姬　舞台上的戏剧,无论多么拙劣,也会赢得捧场者的喝彩;而旷野里的演出,无论多么卓越,也注定了沉寂无声。秦王的壮丽宫殿无疑是最辉煌的舞台,先生和秦王的戏,应该在这里结束。殿下的甲士和殿上的文臣,都将成为你们的观众;他们的窃窃私语,将成为后代传奇的源头;他们的口传心授,将使你永垂不朽。

荆　轲　开场的锣鼓已经响起,但似乎还缺少一件小小的道具。

〔燕姬摘下铜指甲戴到荆轲的手上。然后戴上秦王面具。

〔荆轲左手抓住燕姬的衣袖,右手持匕首。两人拉扯着,衣袖欻然断裂。二人相视一笑,心领神会。

第七节　副使

［同前景。

［荆轲双手抱头,伏在地上。

［秦舞阳和狗屠急得如同热锅蚂蚁团团转。

［高渐离试着荆轲的脉搏。

［燕姬扮成秦王,冷冷地坐在一旁。

［幕后传声:"太子的车驾已经出发了!"

狗　屠　这可如何是好?

秦舞阳　立即通报太子,就说大侠因严重失眠导致头痛,演习计划取消!

狗　屠　早不头痛,晚不头痛,偏偏这个时候头痛……

高渐离　天有不测阴晴,人有旦夕疾病……

秦舞阳 那么多猫头鹰脑袋也没起作用……

高渐离 大侠的病已经不是失眠,而是一种怪症……

狗　屠 火烧眉毛了,高先生,你就死马当成活马医,给大侠扎上两针吧!

高渐离 (严厉地)什么话!大侠是一匹骏马,只不过患了点小病。我看,咱们还是暂且退下,让大侠安静一会。

　　[高、秦、狗屠下。

荆　轲 (缓缓地抬起头,对燕姬)我头痛欲裂,你无动于衷。

燕　姬 (抖抖身上衣服)我现在是秦王,难道要我对一个即将刺我的刺客同情?

荆　轲 脱下这身黑衣,你就是燕姬。

燕　姬 是你们要我穿上这身黑衣。

荆　轲 即便穿着黑衣,你也是燕姬。

燕　姬 这世上的人,有几个知道自己是谁?

荆　轲 是啊,我是即将名扬天下的大侠,还是正犯头痛的小丑?

燕　姬 你是即将成为大侠但突然犯了头痛的荆轲。

荆　轲　大侠还会患病？

燕　姬　大侠也是人,自然也会患病。

荆　轲　如果没有昨天那个难忘的夜晚,我也会这样认为;但现在,我认为一个头痛的人是不配做大侠的。只有凡人才会头痛,大侠怎么可以头痛？

燕　姬　可你的头的确在痛。

荆　轲　大侠没有头痛的权利。

燕　姬　大侠也有一颗头颅,有头颅自然就会头痛。

荆　轲　就算大侠也可以头痛,但一个头痛的大侠,怎么能去完成这伟大的使命。

燕　姬　你是怕了吧？

荆　轲　我知道你会这样说。

燕　姬　不是我想这样说,是世上的人会这样说。

荆　轲　大侠还是没有头痛的权利。

燕　姬　你有头痛的权利,但没有以头痛为借口不去完成自己使命的权利。

荆　轲　如果我没有头痛,也不去完成这所谓的使命,那会怎么样呢？

燕　姬　你竟然让我回答这样愚蠢的问题？

荆　轲　我自然知道答案,但我需要你来回答。

燕　姬　众人的唾沫会将你淹死。

荆　轲　他们会说我是懦夫。

燕　姬　对。

荆　轲　他们会骂我忘恩负义。

燕　姬　对。

荆　轲　他们会说我坏了侠道里的规矩,他们会说我是侠道里的败类。

燕　姬　对。

荆　轲　他们是谁?

燕　姬　看来你头痛不是装的,你的脑袋的确出了问题。他们是谁?他们是你的朋友,他们是太子,他们是你,是我,是天下人,即便是秦王知道了,也会瞧你不起。

荆　轲　看来这出戏我必须演下去了。

燕　姬　未必。

荆　轲　难道还有别的选择?

燕　姬　你死。

荆　轲　怎么死?

燕　姬　临阵脱逃,忘恩负义,被太子杀死。

荆　轲　还有呢?

燕　姬　饮剑自刎,服毒自杀,撞墙自尽,或者跳水自沉,总之,想个办法将自己弄死。

荆　轲　然后呢?

燕　姬　遗臭万年。

荆　轲　而我死在秦国大殿上就会流芳百世。

燕　姬　你的头还痛吗?

荆　轲　似乎轻了一些。

燕　姬　是不是可以让太子的车驾出发?

荆　轲　慢着。我毕竟是一个活生生的人,眼见着就要去送死。

燕　姬　是人就要死。

荆　轲　你希望我怎样死?

燕　姬　我希望你不得好死。

荆　轲　不得好死?

燕　姬　在秦宫中让甲士剁成肉泥。

荆　轲　太子说过,你是秦王身边人,为他司梳头之职。我想,你站在他的身后,用你柔软的酥手,抚摸着他的头颈,你身上的香气,让他心醉神迷……

燕　姬　何须那么多铺垫?秦宫里的女人,都是秦王的东西,他想怎么的就怎么的。

荆　轲　我是说你,你对他是不是动过真情?

燕　姬　让我动过真情的,是我故乡的一个羊倌,他站在山顶上,放声高唱:"与妹妹立下山盟海誓~~要分开除非东做了西~~"

荆　轲　你恨秦王?

燕　姬　不。

荆　轲　他拆散了你们的姻缘。

燕　姬　能拆散的姻缘不算姻缘。

荆　轲　你恨太子?

燕　姬　不,他没有什么对我不起。

荆　轲　你说过,他将你像一件物品一样赠送给我。

燕　姬　也许,我该对他心存感激。

荆　轲　这么说,你并不厌恶我?

燕　姬　你是即将名扬天下的大侠啊!

荆　轲　你想不想知道我是什么人?我是说,你想不想知道我的历史?

燕　姬　我没有堵住你的嘴巴。

荆　轲　我曾经欺负过邻居家的寡妇。

燕　姬　好。

荆　轲　我还将一个瞎子推到井里。

燕　姬　好。

荆　轲　我出卖过自己的朋友,还勾引过朋友的妻子……总之,我干过你能想到的所有的坏事。

燕　姬　你像一条蚕,不断地排出粪便,剩下满肚子银丝,你已经接近于无限透明。

荆　轲　为了赎罪,我才背上一把剑,当上侠客,不惜性命,干一些能够让人夸奖的好事。

燕　姬　我欣赏你的反思。一个能够将自己干过的坏事说出来的人,起码算半个君子。

荆　轲　因为我把你当成了亲人,因为我爱上了你。

燕　姬　你爱的是你自己。

荆　轲　从你身上我看到了我自己。

燕　姬　这么说我成了你的镜子?

荆　轲　我也是你的镜子。

燕　姬　那就让我们互相照一照吧。

荆　轲　我看到了一个怯懦的人。

燕　姬　也是一个勇敢的人。

荆　轲　一个暧昧的人。

燕　姬　也是一个明朗的人。

荆　轲　一个小人。

燕　姬　也是一个伟人。

荆　轲　合起来就是我？

燕　姬　也是我。

荆　轲　我就是你，你也是我。

燕　姬　其实都是普通的人。你的头还痛吗？

荆　轲　似乎不痛了，但还是有些麻木。

　　　　[燕姬脱掉外衣，露出红妆。

燕　姬　太子说过，我是治你病的良药。

荆　轲　我想把你抱进卧室。

燕　姬　只要你想，这里就是卧室。

荆　轲　我还有一件大事没有决定。

燕　姬　挑选副使。

荆　轲　聪明！

燕　姬　女人都爱耍小聪明。

荆　轲　那么,你说,我该选谁做副使?

燕　姬　我。

荆　轲　你?

燕　姬　穿上男装就是一个英俊少年。

荆　轲　你也想流芳百世?

燕　姬　我怕你路上失眠,更怕你在紧要关头犯了头痛。

荆　轲　看来你是最合适的副使。

燕　姬　这是大事,还请三思。

荆　轲　吾意已决,何必犹疑。

燕　姬　你应该想到,我也许会向秦王通风报信。

荆　轲　女人都爱看戏,你不会让一出好戏提前闭幕。

燕　姬　你应该想到,我也许在路途上找机会杀你,譬如在你的酒里加上毒药——

荆　轲　死得很传奇。

燕　姬　趁你睡觉时用刀抹了你的脖子。

荆　轲　在睡梦中被女人杀死是一件风流韵事。

燕　姬　你应该想到,也许我会找机会逃走。

荆　轲　那我会嗅着你的气味追你。

燕　姬　我有气味吗？

荆　轲　你有独特的气味。

燕　姬　如果你将我追上……

荆　轲　那就是范蠡和西施的故事了。

燕　姬　接下来呢？

荆　轲　男耕女织，生儿育女。

燕　姬　你的头还痛吗？

荆　轲　你似乎看透了我。

燕　姬　你是我的主人啊！

荆　轲　(高声传呼)请太子车驾起行！

第八节 杀姬

[荆轲豪宅,舞台设置与第三节相同。

[秦王偶像撤除。

[太子丹一条胳膊用绷带吊起,与随从站在舞台一侧观看实战演习。

[燕姬戴面具扮秦王侧对观众,坐在舞台中央。

[秦舞阳、狗屠扮侍卫立在燕姬身后。

[幕后传呼:"荆卿请示太子殿下,演习是否开始?"

太 子 开始。

[音乐声起。

[秦舞阳和狗屠交替传呼九次:"大王有旨,传燕使上殿——"

　　[在传呼和音乐声中,荆轲手捧木匣,高渐离手捧地图,先并足而行(象征登上台阶),然后跪地膝行,渐渐靠近燕姬。

荆　轲　(顿首)燕使参拜大王,祝大王万岁万岁万万岁。

燕　姬　将那燕丹之书读来。

荆　轲　(取出书信,展读)罪臣燕丹顿首大王陛下:曩者,臣丹愚昧无知,误听宵小之言,夜亡上国,辜负大王厚遇,酿成千古大错。每每思之,悔之莫及。今遣使荆轲,将叛将樊於期首级并督、亢地图,敬献于大王陛下。臣已说服燕君,愿将穷僻之小燕,置大秦羽翼之下为属国,岁贡黄金万两,锦缎千匹,玉璧十双,东珠百颗。书不尽意,臣丹泣血顿首遥祝大王万岁万岁万万岁。

燕　姬　这厮还算知趣。燕使荆轲,将那樊於期的首级献上来。

　　[荆轲手捧木匣,膝行上前,然后退下。

燕　姬　(开启木匣,冷笑)樊将军别来无恙?(环视周围)叛我者都是这等下场!将督、亢地图献上。

　　[高渐离又欲膝行上前,省悟,退后,将地图交给荆轲。

　　[荆轲捧地图膝行上前。

　　[荆轲协助燕姬展示地图。

　　[图穷匕首见。

　　[荆轲左手抓住燕姬袍袖,右手持匕首,刺入燕姬胸膛。

燕　姬　(摘下秦王面具)西施……范蠡?

　　[众目瞪口呆。

荆　轲　那只是一个传说。

　　[燕姬伏地而死。

荆　轲　(膝行转身向太子)燕姬乃秦王奸细,屡屡动摇我刺秦决心,荆轲为殿下除之。

太　子　(用袍袖遮面)呜呼,燕姬!(片刻后)尽管眼前的刀光血影,污染了我的眼睛,但荆卿啊,你越来越像一个大侠了!

荆　轲　多谢殿下赞颂。

太　子　荆卿何时可以成行？

荆　轲　明日午时，辞别殿下启程。

太　子　副使人选可是高先生？

荆　轲　高先生智谋深远，剑术精湛，留在殿下身边，可为栋梁股肱，不必跟随荆轲，去做无谓牺牲。（高渐离跳起来）——刺秦副使，秦舞阳足可任用。（秦舞阳跪倒在地）

高渐离　（扑到燕姬身边痛哭）呜呼，这真是一部精心策划的杰作啊，侠肝义胆美人血……什么因素都不缺了，成了，成了，成大名了……

太　子　（向荆轲）他在啰唆什么？

荆　轲　高先生讲的似乎是人生哲学。

太　子　怪不得这样深刻。

第九节　壮别

　　［易水边。

　　［舞台中铺一席，席中置一几，几上有酒器。

　　［高渐离击筑，乐声悲愤。

　　［荆轲背剑、木匣。

　　［秦舞阳背地图及行囊。

　　［狗屠背剑，无聊地站在一旁。

　　［太子依然吊着胳膊，伴着随从。

太　子　（跪在席上，举酒祝祷）皇天后土，过往神灵。佑我大燕，助我荆卿。一路顺遂，抵达秦境。刺杀暴君，天下和平。

　　［太子行奠酒之礼。

太　子　荆卿,秦卿,请入席。

　　［荆轲和秦舞阳卸下行囊,跪坐几案前,与太子相对。

　　［太子亲为荆轲和秦舞阳斟酒。

　　［狗屠在一边,尴尬地转来转去。

太　子　(举杯)荆卿,秦卿,请干了这杯酒,以壮行色!

　　［三人干杯,干杯后相互拜。

　　［太子再为二人斟酒。

太　子　(举杯)二位爱卿,请再干一杯酒,愿天遂人愿,马到成功!

　　［三人干杯,干杯后相互拜。

　　［太子再斟酒。

太　子　(举杯)二位大侠,盖世英雄。丹之再生父母,燕国人民的救星。请干了这第三杯酒,易水壮别,天地动容;引颈西盼,捷报早传!

　　［三人干杯。

太　子　(传呼)船来——渡荆、秦二卿过易水!

　　［众立起。秦舞阳欲行。

[荆轲稳坐,低头沉思。

太　　子　（惊慌地）荆卿,难道你反悔了吗?

荆　　轲　侠士一言九鼎,焉能反悔?

太　　子　难道还有什么事情没有齐备吗?

荆　　轲　万事俱备。

太　　子　（注目秦舞阳）可要调换副使?

高 渐 离　（匆忙膝行至太子面前）微臣愿为太子效命。

狗　　屠　（匆忙膝行至太子面前）狗屠愿像杀狗一样把秦王杀死。

秦 舞 阳　（匆忙跪在荆轲面前）荆卿,荆大哥,舞阳四肢发达,头脑简单,一切听您调遣,您让我怎么样,我就怎么样,决不调皮捣蛋。

荆　　轲　副使是我亲自擢选,不须调换。

太　　子　（疑惑地）那就请荆卿尽早上船。荆卿如有什么要求,请尽管直言。为了刺秦救燕,我燕丹,连这颗愁白了的头颅,也可以奉献。

荆　　轲　荆轲孤身一人,无牵无挂无所求。

太　　子　那荆卿欲行又止,迟疑不发,到底是为了什么?

荆　轲　微臣在考虑一个问题。

太　子　(急切地)什么问题？

荆　轲　我为什么要杀燕姬？

太　子　(长舒一口气)荆卿亲口所言,燕姬乃秦王奸细。

荆　轲　我在想,她也许是殿下派来的卧底。

太　子　荆卿万勿多疑,本宫可以对天盟誓。她只是我身边一个略有姿色的女人,送给荆卿,消烦解闷而已,哪里是什么卧底？

荆　轲　殿下,田光先生因为您一句话而自刎,为的是太子对他有所怀疑。燕姬在微臣面前屡屡渲染秦宫的森严和秦王的威仪,言外似乎含有深意。微臣猜想是殿下怀疑我刺秦之意不坚,特派燕姬前来试探。如果是这样,微臣愿意死在这易水河边,向殿下表明心迹,刺秦之事,请殿下另派忠义之士。

太　子　呜呼荆卿,燕丹不才,也知道用人不疑的道理。您是田大侠以死荐举之人,本宫如果怀疑,怎么对得起田大侠那番情义？荆卿,你死了,燕国就要灭亡啊。就让本宫在你面前自刎了吧,如其蒙受这天大的冤屈,活着,还不如死去。

［太子拔剑做出欲自刎状,被左右侍卫拦住。

荆　轲　殿下不要轻生,您的性命,关系到燕国的江山社稷。

太　子　那就把这颗卑贱的头颅,暂时寄存在颈上,为的是等待荆卿的胜利消息。但本宫送人不当,使荆卿心生疑忌,这是我的过错。头可以留下,但惩罚不能免却。我知道碍于情面和礼仪,你们谁也不会对我动手,那就让我自己……(尖利地)批颊二十,向荆卿表明我的心迹。(拔出剑)你们谁也不要拦我,谁敢拦我,我就伏剑而死!

［太子抽打着自己的面颊,一边抽,一边自己报数。

高渐离　(以手捶胸)糊涂的殿下啊……殿下好糊涂啊……你让微臣百感交集……

荆　轲　殿下,燕姬不是您的卧底,那她就是秦王奸细?

太　子　是的,她原本就是秦王身边之人,我一直就对她心存疑忌。把她送到你的身边,就是要看她如何表演。感谢荆卿,替我,也替燕国除了一大隐患。

荆　轲　这么说,我没有杀错?

太　子　没有杀错。

荆　轲　没有杀错,没有杀错。(站起,狂笑)

太　子　绝对没有杀错。

荆　轲　没有杀错,其实就是杀错了。看起来杀的是她,其实杀的是我自己。呜呼,燕姬……

　　　　［荆轲再次坐下。

太　子　请先生上船!

荆　轲　船来了吗?不,还没有来。望殿下少安毋躁,荆轲不走,是因为高人未到。

太　子　什么高人?

荆　轲　(神秘地)吾与高人有约,今日午时三刻,他将乘船,从天河飘来。

　　　　［众人茫然相顾。

高渐离　故弄玄虚,掩饰卑怯心理。

太　子　这个世界上,难道还有比荆卿更高的人吗?

荆　轲　与他相比,荆轲只是一具行尸走肉。

高渐离　越弄越玄了。

荆　轲　(立起,仰望长天)高人啊,高人,你说过今天会来,执我之手,伴我同行,点破我的痴迷,使我成为一个真正的人。高人啊,我心中的神,理智的象征,智慧的化身,自从你走后,我食不甘味,寝不安席,回首来路,污泥浊水,遥望前程,遍布榛荆。茫茫人世,芸芸众生,或为营利,或为谋名。难道这就是人生的意义吗?难道这就是生活的真谛吗?是的,如果我将这场戏演完——我会将这场戏演完的,我必须将这场戏演完,为了你们这些可敬的看客!——我知道史官会让我名垂青史,后人会将我奉为英雄。但名垂青史又怎么样?奉为英雄又有什么用?可怕的是在这场戏尚未开演之前,我已经厌恶了我扮演的角色,可怕的是我半生为之奋斗的东西,突然间变得比鸿毛还轻。高人啊高人,你为何要将我从梦中唤醒?我醒来,似乎又没醒,我似乎明白了,但似乎还糊涂,我期待着你引领我走出黑暗,但在这黑暗和光明的交界处,你却扔下我飘然而去,仿佛化为一缕清风。我本来可以随你而去,但临行时却突然失去了勇气。我用自己的手杀死了这个超越自我的机会,我的手不受我的控制。我梦到你让我在这古老的渡口等你,等你渡我,渡我到彼岸,但河上只有越来越浓的雾,却见不到你的身影。眼见着众人暧昧的面孔,耳闻着好汉们的嗤笑讥讽,羲和的龙车隆隆西去,易水的浊浪滚滚东行,却为何听不到天河里的桨声?你会来吗?你还来吗?我知道你不来了,我不配让你来,我不敢让你来,你要真来了我怎么敢正视你的眼睛?我的孤魂在高空飘荡,盼望着一场奇遇,到处都是你的气味,但哪里去找你的踪影?我在高高的星空,低眉垂首,俯瞰大地,高山如泥丸,大河似素练,马如甲虫,人如蛆虫,我看到了我自己,那个名叫荆轲的小人,收拾好他的行囊,带着他的随从,登上了西行的破船,去完成他的使命……

荆　轲　(突起尖利高腔,似河北梆子与河南豫剧糅合而成的声调)开弓没有回头箭~~扁舟欲行兮心茫然~~心茫然兮仰天叹~~雁阵声声泪潸然~~知我心者在何处~~乱我意者是婵娟~~平生无爱兮悔之晚~~头颅早白兮叹流年~~风萧萧兮易水寒~~壮士一去兮不复还~~

　　[荆轲背起行囊,下,秦舞阳随下,频频回首。

高渐离　(猛击筑,悲愤地)家有贤妻,可令愚夫立业;世无英雄,遂使竖子成名……

太　子　(鄙夷地)他又在啰唆什么?

随　从　(谄媚地)大概还是人生哲学,殿下。

狗　屠　(举剑突向太子)燕太子丹,我要刺你——

　　[太子身后侍卫轻松地将狗屠手中剑击落。

　　[狗屠爬行,捡起剑,再刺。剑再次被击落,人也被踩在地上。

太　子　你这可恶的狗屠,本宫与你无怨无仇,为何刺我?

狗　屠　十年前,你乘车路过我家门前,压死了我家一只母鸡。我为我家那只母鸡刺你——

太　子　想出名想出毛病来了吧?(对侍卫)捆起来,

扔到河里喂鱼!

狗　屠　殿下,您仁义之名播于四海,如果把我扔到河里,对你的名声也是个伤害。

太　子　那你想怎么着?难道我就老老实实让你刺死?

狗　屠　(鹦鹉学舌般)臣闻明主不掩人之美,忠臣有死名之义。今日,我是该死,唯求殿下外衣,让我以剑击之。一则实现了为我家母鸡复仇的心愿,二来将仁人君子的名声赠你。

太　子　(嘲讽地)这事儿听起来怎么这般耳熟?哦,想起来了,是高先生为你们讲过的豫让刺赵襄子故事。想成名呢,也不是什么坏事;别跟在人家屁股后边学样儿,多少有点自己的创意。

狗　屠　我一个杀狗的,你还要我怎么的?能学成这样,已经很不容易。

太　子　好吧,狗屠,看你为人还算诚实,本宫今日就成全了你。(脱下袍子,扔在狗屠面前)

　　　　[狗屠仗剑,跳跃连击三次。

太　子　(冷冷地)接下来呢?要不要高先生再教

教你?

狗　屠　伏剑自刎?这也忒他妈痛了,我还是跳河吧,这也算是我的创意!

　　　　　[狗屠跑下。

太　子　(对随从)扔两块石头下去,别让这"丫"潜水跑了。

高渐离　(站起,抱筑下)戏到终场,我却越来越糊涂啦!

太　子　(对随从)去,把他的眼睛挖出来,他看的戏太多了。

　　　　　[太子与随从下。

第十节　刺秦

［秦宫殿。

［秦王端坐,身后侍卫数人,均赤手。

［音乐声起。

［九声传呼(可简略):"大王有旨,传燕使上殿——"

［荆轲捧匣,秦舞阳捧图上殿。

［至膝行阶段,秦舞阳浑身哆嗦,如同狗爬。

秦　王　那个秦舞阳,表演的是什么特技啊?

荆　轲　大王,他是村里来的人,没见过大场面,更没见过天子尊严。还望大王宽恕,让他完成他的任务。

秦　王　荆轲,你为什么不哆嗦呢?

荆　轲　禀大王,微臣的肉不哆嗦,但微臣的心在哆嗦。

秦　王　真会说话。燕丹的书,寡人已经看了,你将那樊於期的首级献上来吧。

　　[荆轲膝行上前,献上首级匣子。

秦　王　(开匣)呸,樊於期,你这狗头,到底没逃出寡人的手心。(对左右)拿下去,煮熟了喂狗。

　　[身后一侍卫捧下匣子。

秦　王　荆轲,将督、亢地图献上来。

　　[荆轲从秦舞阳手中接过地图,膝行上前。

　　[秦王接图,展示。

　　[图穷匕首见。

　　[荆轲左手扯住秦王袍袖,右手持匕首,抵在秦王胸口。

荆　轲　嬴政小儿,跟我去燕国,向太子殿下谢罪!

　　[秦王后退,二人渐渐拉开距离,力量集中在袍袖上。

　　[一声响亮,袍袖断裂。

　　[秦王膝行逃,荆轲膝行追。

　　[秦舞阳满地狗爬。

[秦王站起来绕着柱子跑,荆轲站起来绕着柱子追。

[秦王在奔跑中拔剑,急切中拔不出。

[一个药囊子击中荆轲。

[幕后呼:"大王负剑!大王负剑!"

[秦王把剑推到背后,长剑出鞘。

[秦王回身,一剑击中荆轲大腿。

[荆轲摔倒。

[秦舞阳趴在地上,已经吓死。

[秦王对荆轲连刺数剑。

[荆轲劈开腿坐在地上。

荆　轲　(高呼)痛恨秦绢不牢,使我功败垂成!

[高台上又出现一个秦王。

秦　王　荆轲,你往这里看!

荆　轲　(疑惑地)你……

秦　王　寡人才是真的秦王!

荆　轲　上邪——

[荆轲抓起匕首飞掷高台上之秦王。

[秦王中匕首倒下。

荆　轲　（狂笑）虽不能生擒，杀之也足可成名！

　　　　［从立柱后又转出一个秦王。

秦　王　（温柔地）荆轲啊，你看看我是谁啊？

　　　　［荆轲艰难回首。

秦　王　寡人才是真正的秦王啊。

荆　轲　呜呼，燕姬！我已经嗅到了你的气味，我这就去做你的范蠡。

　　　　［荆轲仆地而死。

秦　王　（冷冷地）你以为刺杀一个元首就那么容易?! 连那些暴发户都有两个替身。

　　　　［幕后高声诵读："五年之后，高渐离以盲人乐师身份，上殿为秦王演奏，以灌铅之筑掷秦王。"

　　　　［高渐离跑上，飞筑掷秦王，被卫士拿下。

高渐离　（悲壮地）嗟乎，我也成了名了！

秦　王　小小一个燕京，怎么会有这么多想出名的人？不把这些家伙消灭干净，天下就不会和平。（对左右）抬下去，活埋！

——剧终

附 录

在话剧《我们的荆轲》剧组成立新闻发布会上的发言

各位朋友：

在中国，一个作家的剧本，能被北京人民艺术剧院搬上舞台，是一件值得高兴的事。为此，我要感谢张和平院长，感谢任鸣导演，感谢剧组的全体演职员。

尽管我是写小说出身，但对话剧，一直有着深深的迷恋。我最早变成铅字的是小说，但真正的处女作，却是一部名为《离婚》的话剧。那是1978年，我在山东黄县当兵时的作品。那时我在电视上看了一部名叫《于无声处》的话剧，又读了曹禺、郭沫若的剧本，便写了那样一部带着明显模仿痕迹的剧本。此剧本被我投寄到很多刊物，均遭退稿，一怒之下，便将其投掷到火炉一焚了之。

1999年,与朋友王树增合作了一部名叫《霸王别姬》的话剧,曾由空军话剧团搬上舞台,在人艺小剧场演出过。也曾到慕尼黑参加过欧洲戏剧节,到埃及参加过非洲戏剧节。2004年,我跟随这个剧组到马来西亚、新加坡演出,感受到了海外观众的热情,也感受到了话剧艺术的独特的魅力。

《我们的荆轲》是我的第二部话剧。

我曾经扬言要写三部历史题材的话剧,但第三部迟迟没能动笔,但我想,总有一天我会把它写出来。

我觉得,小说家写话剧,应该是本色当行。因为话剧与小说关系密切,每一部优秀的小说里,其实都包藏着一部话剧。

《我们的荆轲》取材于《史记·刺客列传》,人物和史实基本上忠实于原著,但对人物行为的动机却做了大胆的推度。我想这是允许的,也是必需的。

所有的历史,都是当代史;所有的历史剧,都应该是当代剧。如果一部历史题材的戏剧,不能引发观众和读者对当下生活乃至自身命运的联想与思考,这样的历史剧是没有现实意义的。

当然,更重要的是,任何题材的戏剧最终要实现的目的,与小说家的终极目的一样,还是要塑造出典型人物。这样的人物是独特的又是普遍的,是陌生的又是熟悉的,这样的人物是所有人,也是我们自己。

沈从文先生曾教导他的学生汪曾祺先生,"要贴着人物写"。其实,不仅小说家要贴着人物写,剧作家也应贴着人物写,演员也应贴着人物演。我希望剧组的每个人都能发挥自己的创造力,依据剧本但不拘泥于剧本,争取能将《我们的荆轲》变成所有观众的荆轲。

谢谢!

"我就是荆轲!"
——答新浪娱乐记者问

9月25日,莫言编剧、北京人艺出品的话剧《我们的荆轲》在首都剧场进行最后一次演出。针对近一个月的演出,各方观众对此剧的诸多疑问,日前,编剧莫言为自己这部话剧给出了详细的揭秘。

荆轲刺秦的真相——为天下?为诸侯?

为报恩?为侠士之名?

问:您当初为什么会写这个话剧?又为什么会选择荆轲这一家喻户晓的历史人物来作为自己故事的主角呢?

答：写戏的动力，一是兴趣，二是内心深处有话要说。《我们的荆轲》这个戏题材的选择是有挺大偶然性的。我曾经给空军话剧团写过一个小剧场话剧《霸王别姬》，演出后获得很大成功，由此也激发了我写历史剧的热情。空军话剧团在那之后也希望再排历史剧，请了一位编剧写荆轲的故事，话剧团希望我参与改编。我看了之后觉得人家写得挺好，但是我不想按照传统历史剧的套路来写这个故事，我希望能够解构它，并且上升到一个哲学层面来讨论它。于是，在非典时期，我闷在家里一个星期，写出了这个剧本。后来部队整编，这个剧团不存在了。这个剧本就闲置了，直到人艺的任鸣导演看中了它。

问：无论是文学界还是史学界，对荆轲刺秦这一事件都有很多版本在讨论，您到底怎样解读这个故事，或者说您笔下的荆轲到底为了什么而刺秦？

答：这个故事是个几乎全民熟悉的故事，无论来源是《史记》、野史或者戏剧戏曲。对我来说这是个优势，也是个难点。每个人心中都有一个自己的荆轲，我怎样用严密的推演,把我心中这个故事讲出来,让别人看了能够理解和接受,这是我一直考虑的问题。

《我们的荆轲》里,荆轲最初显然是为了遵循一个很常规的侠客道的规则,包括各种明的和暗的规则,而被卷入刺秦这件事。他刺秦的目的从一开始就很模糊。他也在不断寻找自己行为的支点,为自己构建一个刺秦的目的。但是随着事态的发展,每一个理由都难以说服自己。为了人民不成立、为了正义不成立、为了公道也不成立……于是他寻找到一个千古流芳作为自己刺秦的意义,一个看似激动人心的意义。然而随着刺秦时刻的接近,随着他与燕姬之间沟通的逐渐深入,千古流芳的意义其实也被消解掉了。最后,荆轲刺秦只是成为了一件箭在弦上不得不发的事。根本没有目的!自然也没有意义。

问: 您怎么界定荆轲最后的刺杀行为,悲剧或者闹剧?

答: 这是一个以我们目下的戏剧观念很难定性的戏。它有悲剧成分、有喜剧成分、有闹剧成分,或者我们可以称之为正剧。但我觉得以古希腊概念的悲剧（而不是以当下作为喜剧对立面的悲剧）来界定这个戏，还可以算是比较准确的。

燕姬的真相——杜撰抑或史实？

问：燕姬是您为剧情需要创造出来的人物吗？她有历史原型吗？

答：《史记》上记载燕太子丹确实给荆轲送过"美人"，也可以算是有原型吧。只是当时是不是就送了这么一个，而且是他自己的姬人，而且还是一个当初嬴政送给他的姬人，那就不得而知了。

问：关于燕姬，您最后为什么给了她和荆轲如此出人意料的结局？

答：我不知道。最初并不是这样设计的。写到这里就觉得，应该是这样，于是我的笔就变成了刀。也许是因为"你知道得太多了"，也许是因为"她是不是爱着秦王",也许是因为"西施和范蠡的故事太不可能了",也许是因为"我看见你就像看着镜子"……这是个开放式的设计。不管观众认为是为什么我都觉得是对的。

问：她是这个剧中唯一的女性,您让这个唯一的女性作为最清醒的存在有什么深意？

答：当荆轲刺秦这件事运转到一定程度时,这个女人成了最大的情节推动者。我的作品里经常是女性很伟大,男人反而有些窝窝囊囊的。我一直觉得,男人负责打江山,而女人负责收拾江山,关键时刻,女人比男人更坚韧,更给力。家,国,是靠女人的缝缝补补而得到延续的。

问：燕姬在与荆轲对话时,曾提出担任刺秦副使,这是否意味着她也未能免俗呢？

答：人总是在互相改变的。荆轲无疑在被燕姬改变,但燕姬很可能也在被他改变,或者被他们两个所讨论的东西改变。不过我觉得,她也有可能仅仅是为了逃离燕国,她被自己谋划的西施与范蠡的远景吸引了。就算她是清醒的,谁说最清醒的人,就一定能够免俗呢?

燕太子丹的真相——为国仇还是私怨?

问:您对燕太子丹的塑造更多地来源于历史还是演绎?这个人物似乎与以往我们印象中的不太一样,甚至有点跳梁小丑般滑稽,是您的初衷还是仅仅是舞台呈现的效果?您为什么这样处理这个人物?

答:我说过,这个作品里没有纯然的坏人或是好人。燕太子丹这个人物在历史上就没有定位,没有对这个人物心理的刻画。这个人作为在秦的人质,居然从秦王手中成功遁走,又组织了这场功败垂成的刺杀案例,在人们心中,这个人物必然是有城府的。我还没有看到演出,尽管我不知道他还能很滑稽,但是我至少能明确我没有把他设计成阴险毒辣,二次创作让这个人物呈现这种效果,我是很能认同的。算是个意外收获吧。

问:您认为燕太子丹组织这样一场刺杀的目的何在?

答：我觉得在这一干人中，太子丹刺秦的目的应该是相对单纯也相对明确的——就是救燕。他的救国之心肯定是真诚的。但是值得一提的是，以他统治者的身份，救国就是救自己。国仇和私怨在他而言，难以割裂。

莫言的真相——从"我们都是荆轲！"到"我就是荆轲！"

问：您说过："这部戏里的人，其实都是生活在我们身边的人，或者就是我们自己。"《我们的荆轲》是否传递出了您自己的某种价值观？是否有您自己的影子？

答：肯定是的。我自己经历了这种过程，之后发现，名利皆虚，"神马都是浮云"。但是总要有一种东西支撑我们活下去，人都是有缺陷的，你不可能达到完美，但你至少可以追求纯粹。我在写这个剧本时，前几稿都在追求共性，我希望表达："我们都是荆轲！"改到最后这一稿，我放弃了之前的立场，我只是表达清楚："我就是荆轲！"我的目光也从外部转向了内心，这也使我的创作从复杂转向单纯。

问：您也说过："我们对他人的批判,必须建立在自我批判的基础上。"那么您是以批判的态度来创作这个戏的吗?

答：批判是肯定有的,但是同时也有歌颂。批判过度的欲望,歌颂人的觉醒。就像戏里说的,每个人既是英雄,也是懦夫;既是君子,也是小人。别人我不知道,反正我是这么看的。当荆轲持图携剑走上刺秦之路时,他依然是个小人;但当他在易水河边呼唤"高人",看到了蝼蚁样的自己时,他已经成了英雄。他没有等到来自他力的拯救,但是他已经完成了对自己的救赎。这种觉醒,是值得我们钦佩和歌颂的。

话剧的真相——我有成为剧作家的野心

问：很多之前获茅盾文学奖的作品都曾通过改编在影视领域获得成功,您之前的作品《红高粱》被改编为电影后更是家喻户晓,还有根据《白狗秋千架》改编的《暖》也在东京电影节获奖,对于此次获奖的《蛙》,您有将其改编的打算吗?

答：现在，较之于八十年代，电影对小说的依赖度似乎有所降低。《蛙》当然是一部可以改编成电影的小说，也可以改编成话剧，但我自己暂时不会去改，我想创作新作更重要。

问：您怎么看待文学作品的改编？您觉得写剧本和写小说有什么不同？

答：小说改编成影视或舞台作品，都是个选择的过程。选取精华，扬弃糟粕。改编者的眼光和水平，决定了他们能发现什么样子的小说，也决定了他们改编出的作品与原作的区别。话剧是离小说最近的艺术，其实，可以将话剧当成小说写，也可以将小说当成话剧写。至于影视剧本，有自己的艺术要求。我对此没有太多发言权。

问：有人认为您在《我们的荆轲》这部作品里不仅解构了一个刺客，解构了一个荆轲刺秦的故事，甚至解构了历史，解构了我们一直以来的历史观。您是怎么看待这个问题的？或者说，这是您的初衷吗？

答：历史剧，其实都是现代人借古代的事来说现在的事。但古代的事到底真相如何，其实谁也说不清楚。我们现在看到的历史，我觉得都被严重加工过。我想，所谓古人，从根本上看，跟我们没有什么差别。因此，我没有刻意去解构历史，我只是把古人和现代人之间的障碍拆除了。

问：您在文学界已经获得了毋庸置疑的成功，您怎么评价自己在戏剧创作方面的表现？

答：戏剧创作方面，我是一个学徒。但我有成为一个剧作家的野心。

问：您对《我们的荆轲》的舞台呈现有什么期待？您对人艺的演员演绎您的作品有什么期待？

答：我对人艺的班底非常信任。剧本完成了，剩下的工作归他们，我不掺加任何意见。

（原载于 2011 年 9 月新浪娱乐）

文学没有"真理",没有过时之说

——答《人民政协报》记者问

第八届茅盾文学奖的揭晓和近日话剧《我们的荆轲》在北京人艺的上演,让公众的视线再一次投射到著名作家莫言的身上。莫言的茅奖折桂是众望所归,《我们的荆轲》则是其在大剧场话剧的首次试水。在《我们的荆轲》中,莫言以其对现实问题的大胆披露和对人性弱点的深刻批判赢得了赞誉。本报日前专访了莫言,请他谈谈他心中的戏剧与文学。

演绎每个人都要思考的终极问题

问:莫先生,您好!您的话剧《我们的荆轲》根据

《史记》敷衍而成,荆轲刺秦的故事经您演绎,另有一番深意。比如,荆轲变成了一位从最初简单地想要"成名"到最后拥有清醒的无奈这样的人物。您为什么要这样写?

答:我没有刻意去解构历史,我只是把古人和现代人之间的障碍拆除了。《史记》中荆轲刺秦故事比较简单,司马迁只写人物行为,没写人物心理。我根据这个简单故事演绎出一台大戏,故事的背后和人物的动机是我的理解。心理分析成为剧作的重点。

在这部戏开始时,荆轲和一般侠客一样,想一夜成名,他追求的终极目标是报太子知遇之恩,刺杀秦王,成就千秋大名——哪怕豁出身家性命。但后来他觉得这一切没有了意义,因为行刺师出无名,由此引发对人的价值的思考。戏中荆轲最后刺秦的时候,已经没有任何功利,也没有正义和非正义,只是一场无奈的表演。他什么都明白了,但看客不明白。这有点像幕后交易的足球赛,球员们装模作样地踢,观众却在那里揪着一颗心看。

问：历史中的"荆轲"变成了"我们的"荆轲,您说您想讲的是自己心中的故事,每个观众都能从荆轲的身上看到自己,剧中也出现了诸多现代的语言和行为方式,以及对传统观点的重新诠释。

答：这部戏,有很多后现代的切入方式,它不时地出现,是为了强调和提醒:我们是现代的人,我们要对舞台上所扮演的一切进行思考,而不要过分沉溺在历史情节里。一部历史戏必须让观众看得到自己,看到身边的人,这才是有意义的,观众也才会往下看。这部戏最终引发的肯定是对当下社会的思考和对自我的思考,尤其对自我的思考。我们忙忙碌碌、奋斗努力,可到底要实现什么目标?目标的终极意义是什么?什么是完美的人?人怎样走向完美?这是每个人都要思考的终极问题。我希望观众通过舞台上展示的小圈子来考虑现实中自己置身其中的小圈子。

问：您认为您的文坛"小圈子"和剧中所谓侠客这个"小圈子"有何相似之处呢?您从中看到的是怎样的自己?

答：文坛就是"侠坛"。这部剧里我的很多理解都是由我所处的文坛触发的。文坛是一个社会圈子,有为民请命的人,有埋头苦干的人,有站在高高的树枝上唱高调的人,也有倚老卖老的人……

我自己的灵魂深处也藏着一个荆轲,当然我没有刺杀秦王。我说的是一种心路历程。我也经历着逐渐认识自我、否定自我的过程。我对自己过去的行为、过去的作品一直不断地否定,不断地否定自己很多浅薄的想法,作品中很多不成熟的思想表述,不完美的呈现。

当年初入文坛,我也想要出名,表现自己,后来我慢慢地认识到有更高的更有价值的东西等待着我去追求。

问：这个更有价值的东西是什么?

答：就是通过写作,不断地改变自我,使自己最终成为一个比较好的人。

问：您的小说以丰富的想象见长,有时还会故意使用一点光怪陆离的描述性语言。但是话剧是要"说话"的,和小说有所不同。那么,您写过那么多小说,后来写话剧,您对驾驭话剧式的语言感觉如何?

答：写了小说再写话剧,觉得更难写,也更有挑战性。但当看到你的剧本在舞台上呈现出来,感觉是不一样的。我以前也有作品被改编为电影剧本,但是电影剧本对语言艺术性和文学性的要求并不是特别强,话剧真正是一门语言的艺术。

我觉得我是有这方面的才华的。我过去的小说里,过于炫目的语言把我写对话的本领给遮蔽了,写话剧能激发我在对话方面的才能。

小说和话剧实际上可以兼顾——很多作家都是这样的。老舍先生写了很多剧本,也写了很多小说;迪伦马特、契诃夫、萨特等也都写过剧本,萨特作为剧作家的成就其实大于他作为小说家的成就。中国作家更有优势,因为中国的传统小说非常重视人物对话,每个人物所讲的话都要符合人物性格。

问：您怎么看话剧这种艺术形式?还有继续写

话剧的打算吗?

答:我最初认为话剧就是一群人在舞台上吵架,是以吵架的形式呈现的,现在明白,不是那么简单。话剧的终极目的和小说一致,是写人,挖掘人的精神世界,内心矛盾,最终还是对人的认识。

下一步我要写我的第三部话剧,一部纯粹现实的话剧,争取在2012年完成。

问: 您觉得好的文学作品有什么共同的标准吗?

答:好的作品首先要好看!好看,不是卖弄噱头吸引读者和观众,而是一个整体的概念。第一,它的故事要非常精彩。第二,要塑造丰富、立体、典型、有个性的人物。人物既是很多人的集合,也是他独特的一个人;这个人物既能让读者想到他人,想到社会,也能想到自己,这是一个很重要的标志。第三,出色的语言。文学艺术是玩语言的,如果一个作家的语言很别扭,疙疙瘩瘩的,那么他的作品也成不了好作品。所以好的作品是完美的综合体。

问：您如何看待当下中国作家群落创作能力普遍不如从前的现状？您认为作家应以怎样的态度来写作？

答：我们确实怀念我们自己的八十年代，我们敬仰十八世纪、十九世纪的大师。可是再过五十年，也许人们也会怀念当下，怀念目前这个时代。鲁迅在当年有很多人骂他，张爱玲甚至没有人瞧得起她，沈从文是几十年之后才被发现的。所以作家在写作的时候，不要考虑千古流芳，不要考虑洛阳纸贵，就做一次最完美的呈现，作品出来后，接受与否，随其自然。

问：那您对当下文学创作的生态有何看法？

答：这是水到渠成的事情，只要无害就可以存在。对我而言，我的读者始终就是这样一个群体，我该怎么写，还是怎么写。不会因为环境而改变自己最基本的想法。当然每个作家也有自己的局限性。

问：您的局限性在哪里？

答：我的局限性就在于我的生活经验。我熟悉农村，我熟悉八十年代、九十年代，对城市相对陌生，对八零后、九零后年轻人的精神世界相对陌生。

问： 您对这种陌生有感触吗？

答： 感触很强。我回乡下看二十多岁的年轻人和我们当年完全不一样，追求有着天壤之别。我以我的经验推度五十年代、七十年代的人，还不至于产生太大的误差，如果还以当年的想法来推度这一代人，肯定错位了，这就需要新一代的作家来写他们的生活。

问： 您对现在新一代年轻的作家有什么看法？

答： 这一代作家自我的体验丰富细腻，但社会视角狭窄、历史感淡漠。我接受、理解这代人。因为回想我们当年写作的时候，当时文坛的老一代作家对我们也有看法，有这样那样的忧虑，一转眼我们也变成了那个年龄段的人，所以我们对现在的年轻作家应该宽容理解。

问： 您认为伟大作品的产生和作家的历史感之

间有必然的联系吗?

答:现在对伟大作品的定义也是我们这一代和前辈确定的,下一代人也许就会重新定义伟大的作品,它也许就是内心的深刻的体验,杯水波澜……文学的东西没有必要设置这样那样的框架,更没有为它们设置道路的可能。

问: 对文学个人化的肯定在文学史的历程上也是有先例的,比如意识流等也形成了一种文学流派。

答:对,像普鲁斯特、乔伊斯,都是高度个人化的封闭的写作。不但人是封闭的,内心也是封闭的。他们沉浸在对往事的追忆和个人的细微感受中不能自拔,但他们写出了被誉为伟大的作品。中国文学的传统,是要有广阔的历史画面,深深的忧患意识,有人的痛苦和命运感,这在现在反而成为一种"控"。现在作家拿起笔来就设置一个百年历史、几大家族,也很可怕。

现在值得我们思索的是能不能从"历史控"、"宏大叙事控"中解脱出来,进入这种个人叙事——可是后来我自己还是回到"历史控"里去了。所以我觉得,文学没有"真理",没有过时之说,也许现在被否定的价值和写法,十年之后再写,又成为一种创新,又会引发新的热潮。

(原载于2011年9月5日《人民政协报》)

我们的荆轲,以何种面容出现

——答《艺术评论》副主编唐凌问

问:作为著名作家,是什么机缘促使您创作话剧《我们的荆轲》,并形成剧本的基本想法和立意?

答:八年前,空军话剧团想以荆轲刺秦为题材创作一部话剧,在酝酿的过程中,我逐渐产生了一个非常奇妙的想法:既然演员演戏要不断地排练,荆轲刺秦是不是也要不断地排练,不断地演习呢?所以,刺杀是一场秀,一场需不断排演的刺杀秀。

问:生发点是演练?

答:对,一想到演练我马上有了思路,这可能与我当兵多年有关。随后一个星期我就写出了初稿,他们看了以后很震惊,基本没改。种种原因,到了去年,任鸣导演跟张和平院长协商要排这个戏,张院长很重视,组织了多次讨论,最后决定排演。我与他们座谈过两次,聆听了他们的意见,剧本改过了两稿,而且改了很长的时间。

问:也就是说,现在的版本与之前的版本相比较做了很大的调整,有哪些是新增加的?

答:区别很大,主要是在立意上,这次是有升华的。修改这部戏的过程,实际上很难推进,因为当初写成后,我觉得已经是千锤百炼、字斟句酌了。后来终于找到了一个切入点,让荆轲追求一种完美的、理想的人之境界,易水壮别时加了一段"高人论",表达觉悟了但骑虎难下的荆轲对人生最高境界的向往。这一稿出来后,人艺上上下下,还是不甚满意,主演王斑对我说他感到还不过瘾。接下来修改的时候,就想到了荆轲就是我,我就是荆轲,自己跟荆轲融为一体。后来就又加了一场荆轲跟燕姬的对手戏,这场戏我就把荆轲当成了我自己,把自己对历史、对人生的思索、思考融合到这个情景里去,出来了后来的一句话:"我就是荆轲。"原来是"我们的荆轲",到后来变成了"我就是荆轲"。

荆轲这个人物在旧版本中是没有成长的,基本是在搞笑的层面往前推进,变成了一场刺杀秀,就是要成名。而现在的版本,我想第一个就是把荆轲这个人物升华了,荆轲意识到自己的行为没有意义,也意识到人的一些最基本的问题:人活着不仅仅是为成名,到底为什么要刺秦?最后升华成人为什么要活着的思考和对自我的拷问。荆轲由一个平面人物变成了一个在成长过程当中不断提升的人物,由原来带着几分搞笑色彩的、跟一般侠客一样的侠客,变成了一个思考人类最基本生存问题的侠客,变成了一个自我拷问的人物,我想这个思想性比原来要强多了。

问:包括您的另一部话剧《霸王别姬》在内,这些著名的历史人物经过成百上千年的沉淀以后,在人们的记忆和情感中都已经有了非常稳定的形象。那么,《我们的荆轲》,您想给予我们的是一个什么样的荆轲？这是我特别想知道的,这其实也是这部作品的争议所在。

答：历史题材如何写是一个老问题,上世纪六十年代从郭沫若、田汉他们写历史题材时就开始了讨论。历史题材的戏怎么写？是原封不动地再现一个历史故事？还是对历史故事进行新的解读？我想处理历史题材必须要旧瓶装新酒,用历史故事之瓶装进当代人对历史的一些思考之酒。郭沫若的历史剧,田汉的历史剧,实际上都是如此。我们现在所看到的历史都是后人写的,只不过是这个后人比我们更早一点而已,他们已经把自己对历史人物的理解、对历史事件的看法融合进去了,是主观的历史,而不是客观的历史。所谓的忠实于历史,本身就是一个伪命题。

问：历史的真相已不可得了。

答：不可再现。像美国的"9·11"才过几年,许多新的说法已经出现了。再过几年,肯定还会有新的版本出现。现在的记录都是用最现代的手段,录像、录音这样的手段,比过去记录历史的手段要先进得多、准确得多,但是依然会有很多的看法,很多的层面,很多被遮蔽的、被重新发现的东西,何况是几千年前的一段历史。因此我想写历史剧、写历史题材的戏、电影、小说,必然地也无法避免地将作家个人的看法融合进去。当获得了这样一种认识以后,创作的自由度就会大大提高。荆轲刺秦作为一个非常著名的历史故事,电影、小说、戏曲都有了很多的版本,在二十一世纪的当下,我们把这么一个老故事拿出来,重新把它写成戏并搬上舞台,我们到底要给观众什么?或者说我们靠什么吸引观众?我在写的时候也想了很多,一定要让它跟当下产生一种密切的联系。我们要通过舞台上演员的表演和剧情的发展,让观众联想到当下的社会现实。台上的人物的情感不断地往前发展、推进、变化,台下的观众也能联想到自己的生活,引发情感共鸣。台上的剧情引发观众自己对所处环境、对自身的思索。只要能达到这样的效果,这部戏就有意义,也只有达到这种效果,这部戏才有意义。

问:对于我们已经熟知的荆轲,您赋予了他新的动机。

答：首先，我把荆轲从一个传奇人物还原为一个俗人、平常人，一个跟我们一样的人，处在一个这样或那样的生活圈里面，一样想成名。荆轲处在当时那个时期的侠坛的小圈子里，这个小圈子里有种种的利益纠葛，成名、成家、钩心斗角等等，我就想让我们的观众看到荆轲的环境，联想到自己的环境。

荆轲在老百姓的心目当中是一个非常高大的英雄人物，为了正义，为了千秋大业去刺杀一个当时最不可能被刺杀的帝王。这里面就有很多的戏可以演绎。荆轲到底为什么刺秦？过往有很多的研究，我自己也研究了大量的资料，实际上所有的理由都难以成立。侠客这个行当的最高准则到底是什么？是追求真理与正义吗？过去我们一直认为是这样的。但当你研读了司马迁的《刺客列传》之后，你就发现这些都是不成立的。没有真理，也没有正义，因为他刺杀的人和指使他行刺的人，实际上都是为了争名夺利、争权夺势。所以，侠客只是一个工具，一个职业，远没有想象的崇高，即使是最高的也顶多停留在侠义这个层面上,而没有真正涉及社会、真理、人民。侠客的很多高大形象是我们当代人赋予的、塑造的。所以,研究了这些以后,我觉得把荆轲还原为俗人、平常人,还原为一个要成名成家的侠客,应该是符合历史真实的,当然是我认为的历史真实。

问：您有听到对这部剧的不同意见吗？

答：有一些朋友给我发短信,他们都是说好的。我也听到了一些反面的意见,媒体上也看到了一些批评的文章,这个很正常。一部话剧,跟任何一部艺术作品一样,有争议才好。一部艺术作品,如果大家异口同声都说好,那这个"好"是很值得怀疑的;有人认为很好,有人认为很差,这是让人振奋的。说明这部戏,有一些超越了一般作品的地方,这才会引发两种截然相反的对抗性的看法。这种争论我觉得就是一部作品能够继续地往前走的价值所在。

问：能够想象,《我们的荆轲》必然会引发争议,最核心的一点,就是说我们怎样去面对历史和历史中的人。春秋和先秦时期,是中国传统文化建构的一个特别重要的时期,很多思想的资源、传统的价值观是在那个时期形成的,这部剧对荆轲的理解会触及和打破一些东西,打碎一些业已形成的精神性的东西,这是不是也是很可惜的地方?

答: 这可能是这部戏的争议所在和需要调整的地方吧,我们会在演出的过程中对其进行一定的改进。我当年就曾说过,在某种意义上,刺客就是当年的恐怖分子,当年的刺客,这些被我们所歌颂的所谓的大仁大义大勇的英雄是值得怀疑的。受人恩惠,为人报仇,跟黑社会差不多。它实际上与当代的法制社会相悖,是落后的道德观。暗杀,不管出于什么目的,都有点小人气,算不上光明正大。一个堂堂正正的国家或者团体,是不屑于用这样的手段来解决问题的。

问: 您对刺客表示了一种怀疑和否定。

答: 是否定的,社会法律不健全的时候,侠客确实发挥了一种调节的作用。我们看了很多侠义小说,我们看到好多贪官受到了大侠的惩治,因为有侠客,很多冤案得到了昭雪,这就是过去武侠小说的最高境界。它实际上在补充法律的不健全,弥补法律的漏洞,有时候它也跟官府配合。荆轲连这一步都没做到,他就是为了杀而杀,为了义气而杀,被人雇佣而杀。所以这种侠义文化是早就该被批判和扬弃的。

问:对此我有不同的看法,所有的人物都是需要放在他所处的历史背景中来看待的,如果用我们现代社会的架构来分析和要求他,当然是不太相容,放不进来的。

答:当然,分析历史人物不能脱离人物所处的历史环境。但我们看到人物行为的合理性的同时,也必须看到他们的行为与现代社会的悖谬。我们必须把自己的思考表现出来。

问:就您的两部戏剧作品与小说相比较,我感到您的小说更多来自您生命的本身,来自童年的记忆以及多年的人生体验和感悟,对故乡的深沉的情感,这些都很自然地流淌出来。但这两部戏剧作品与您的小说相比，似乎刻意的成分更多一些。之所以说有些刻意，可能首先跟它们是命题作文有关，另一个原因我想是不是当您面对一个已经被熟知和认定的历史人物时，您实际上会试图特意赋予他一种新的东西。

答：小说是从我心里面自己生长出来的。我的小说，尤其是早期的小说，都有个人的经历、个人的亲身体验在里面，所以这样一种写作肯定是与自我密切相关的，有的时候不是我要让人物怎么样，而是人物让我怎么写；有时候不是我在替人物说话，而是人物自己要这样说。而这两部戏剧都已经有一个现成的历史故事在那儿摆着，你面对的对手不仅仅是这个历史事件和历史人物本身，还有后人们创作出来的相关艺术作品，电影、戏曲、小说，你如果写得跟人家一样那就没有意义了。你要跟人家不一样，就要另辟蹊径、重新解构，赋予一个烂熟的故事一种新意，这种难度非常大。所以接受了这种命题作文就是一种挑战，就是要跟人家写得不一样，要表现自己的个性，要表现自己的思想。

最便利的方式就是把自己的思考放进去。要把自己设身处地地当成一个历史中的人物,最后也就是说写项羽也变成了写我,写荆轲也变成了写我。当然我期望能够达到最好的效果,就是很多观众也从这些台上的历史人物身上看到了他们自己,就是我们的项羽、我们的吕雉、我们的虞姬、我们的荆轲、我们的燕姬。这就要求一个作家,他的自我跟这个时代,跟大多数的人具有很多的共性。这样作家塑造人物,把人物当自我来写,也能获得一种共性;作家自身的这种情感方式、情感经历,他的社会经验,对问题的看法,能够跟大多数观众共鸣。这是一种可遇而不可求的境界。如果他自身很多观念已经被历史所淘汰,他对很多历史问题、现实问题的看法早已经变成了陈旧的东西,要引起观众的共鸣是不可能的。

问:观剧之后,我想起奥地利作家茨威格的传记《一个政治性人物的肖像》,法国大革命时期的富歇比他同时代所有最强有力的大人物都生存得更长久,比如拿破仑、罗伯斯庇尔等,为什么?作家洞察此人的本质:他一生从未背叛过一样东西,那就是背叛。这是一个背叛的化身！作家以史为鉴，笔触摹写了人物灵魂的每一个皱纹、每一个犄角，展露了一种政治观点朝秦暮楚、政治倾向见风使舵的权术家，并敏锐地指出了这样一类人物在历史中的极端危险性。出于对人性的深刻洞悉，作家写出了人类的一个精神族群，这是非常了不起的。在两次世界大战之间，茨威格的这部作品，对当时的欧洲是很有警醒作用的，即使在今天，在世界各地仍然有着强大的现实意义。

所以当重新书写历史人物时，我不会仅仅满足于写出了人物众多可能性中的一种，而是希望看到最本质的东西。写荆轲成名动机未尝不可，但那只是其众多可能性中的一种。名利的追逐是人类最为基本的生存动机之一，特别是对名的追求，其实也是人对于不朽以及生命延续的冲动，这是人的行为的一种最根本的动机。如果说荆轲可以这样理解，那么其他的刺客同样可以这样理解，许许多多的人物都可以这样理解，这是否还并不构成或者不足以构成荆轲最根本的本质？也就是说，荆轲何以成为荆轲？

答：你讲的非常有启发，不过我觉得这跟选题有关系，如果选择了富歇的话，我也许也会这样写，但是选择了荆轲，难度太大了。我塑造的这样一个荆轲，有些观众是很不以为然的，我们"风萧萧兮易水寒"的那个悲壮的荆轲哪里去了？我们的这种历史上的大仁大义的人物哪里去了？我很理解这种感受，因为荆轲在他们脑子里已经有了固定的形象。我相信这些观众都是一些很传统的老观众，年轻人可能一般不会去这样质疑，年轻人可能能更多地理解我的这种创作本意。

你说的富歇的最本质的东西，我理解就是富歇个性的支点，那就是极端的自私。人都自私，但他是极端的自私。荆轲的性格特点是什么？很复杂，但最重要的特征是他的软弱。你可能会问，他杀人不眨眼，怎么还会软弱？这其实正是他软弱的表现。他被燕姬升华了，但他没有勇气跟旧我彻底决裂。他完全可以听从燕姬的暗示，去过一种男耕女织的凡人生活，但他无法面对身后的骂名。我们每个人都有这样的处境，我们知道路在何方，但我们不敢去走。

问: 可不可以说您是以很年轻的心态,更开放地来面对古人和历史?

答: 我想这个戏的灵魂是很年轻的,我觉得会被年轻人接受,当时我也没有想要为年轻人写戏。应该是一不小心写了一部年轻的戏。

问: 您说到在您的心中就藏着一个荆轲,从这个意义上来说,我感到您的特别的坦率和真诚。作为当代著名作家,当外界给予您很多光环的时候,您还是会特别真诚地说,其实我最初的时候也就是从基本的名利出发,对此您毫不讳言。或者说,剧中对于荆轲的成名动机的解读,其实有一种您自我的投射,并且是一种真诚的自省在里面。

答: 对的,因为在八十年代,我刚刚学习写作,想登上文坛的时候,跟荆轲、高渐离、秦舞阳这些人是差不多的,我们一帮文学青年在一起所议论的跟他们在一起时议论的也十分相似。没什么可讳言的。

问: 听您如此率真的表述,我非常感动。通过

《我们的荆轲》,我完全能够联系到当下的现实,但是当带有悲剧美和崇高美的荆轲被还原为一个普通人,甚至更低一些的时候,我们获得了一个批判的现实,但同时我们的批判也失去了支点,就是还需要得到一种建构。

答:我所塑造的荆轲应该是慢慢地升华到一个境界,尽管燕姬一直在点他是借刺杀博得大名,但他内心里实际上已把名利否定和放弃了,他最后呼唤高人,实际上就是呼唤一种人生的终极价值。

问:也就是追问人生的意义。

答:实际上在追问高人、理想的人、完美的人到底应该是什么样,当然是没有答案,他只是感觉到应该有一种更高的人生境界,他觉悟到肯定有一种更理想的人生状态在前面向他召唤。我不知道什么是更好的生活,但是我知道我的生活是不好的。

问:这个追问本身具有价值。

答:我们也可以面对现实,我们每个人都对自己的状况有所不满,我们也对这个社会有所抨击、有所不满,有的人认为自己活得窝囊,有的人认为自己活得很累,有的人觉得自己活得没有意思,那么这个不满本身就包含了一种对有意思的,对这种高尚的,对一种正当的更理想的生活的想望。这种东西在哪里?我觉得不可能有一个统一的答案。我想最理想的社会还是让每一个人都感觉到自己活得很有趣的、很有意义的一种社会。每个人都感觉到自己幸福、感觉到自己很满足、感觉到自己的价值得到了承认和实现,我想这也是马克思他们当年探讨人的终极价值的一个最终的答案。共产主义社会实际上也是这样,让每个人都能最大限度地发挥自己的才华、实现自己的价值,不被一个所谓的职业困住。当然这只是一种理想的东西,所以荆轲自然没有给观众提供一种最理想的做人的范本,也没有给人们提供一种所谓什么叫作真正的高人的模式。但是他提出了这个,发出了这样的呼唤。

　　我写小说的时候也经常想,我们要在这个现实的生活当中发现一些新思想的苗头,我们要看到这种所谓的新人。小说、话剧实际上都是在塑造人物,我们都是在发现一些旧人,我们看一些历史上的人,看一些生活当中我们熟悉的人,但是我们实际上最终还是要寻找一种新人,就是什么是最好的人。每个人都有自己不同的理解。现在我想我们的农民工应该是一群新人,这里边是不是代表了一种超越旧人的东西?有没有可能从众多的农民工形象里面发现一种新人的形象?当然我也看到了一些报道,有的农民工通过自己的艰苦奋斗变成了城里人,有了房子,有了车,这都是一些事业上的成功。但是在思想价值上、在思想意义上呢?有没有出现一种新的超越了我们所有过去时代的人物形象?他代表了一种更完美的境界。

问:我看您的很多作品,包括这两部话剧,有一个强烈的印象,就是女性在里边都很强悍。拿燕姬来说,作为一个女性形象,您赋予她很强悍的内心,在剧中她像礼物或是弃物一样辗转于几个人的手中,但她的想法,她对荆轲说的那些话,实际上是在张扬自我的存在和自主的选择,您赋予这个女性的东西很重,她的力量甚至超过荆轲。

答：我是一个女性崇拜者。我的小说里边很多女性也是这样,大部分小说里边都是女人在操控一切,女人在指挥,男性搞乱的场面最后都由女性来收拾。

问：您对您的两部戏剧作品评价如何,您满意吗？您觉得好吗？
答：我觉得八十分。

问：两个都是八十分,哪个好一点？
答：《荆轲》更精彩一点。

问：您对戏剧很有兴趣？
答：我还是很喜欢的,现在正构思一部新的话剧。希望下一次再写一部话剧,能够更有意思一点。不写历史题材了,历史题材太难,写一部当代现实题材的。

问：当代的题材大家都认为更难把握和写好。
答：更难把握,更有挑战性,一定要尖锐,一定要跟当下生活密切相关的。

(原载于《艺术评论》2011年第10期)

一本书打开一个世界

欢迎订购、合作

订购电话：0571-85153371

服务热线：0571-85152727

莫言读书会　　KEY-可以文化　　浙江文艺出版社　　京东自营店

关注 KEY-可以文化、浙江文艺出版社公众号，
及浙江文艺出版社京东自营店，随时获取最新图书资讯，
享受最优购书福利以及意想不到的作家惊喜